이탈리아 시선집

김효신 편역

편역자 **김효신**

서울 출생
한국외국어대학교 이태리어과 및 동 대학원 졸업
영남대학교 국문학 박사(비교문학전공)
현재 대구가톨릭대학교 한국어문학과 교수
저서로 『한국 근대문학과 파시즘』, 『시와 영화 그리고 정치』, 『이탈리아문학사』, 『세계30대시인선』, 『문학과 인간』 등이 있으며, 역서로 『칸초니에레』가 있다. 대표 논저로는 「이상(李箱)의 시와 시대적 저항성」, 「르네상스 천재, 미켈란젤로의 서정시와 미적 갈등」, 「임화와 파솔리니의 시 비교연구」, 「1930년대 한국 근대시에 나타난 파시즘 양상 연구」, 「미래주의 선언과 한국 문학」, 「한국 근대 문화와 이탈리아 파시즘 담론: 1930년대를 중심으로」, 「동성애 코드, 파솔리니의 시와 정치 소고」, 「단눈치오와 무솔리니, 그리고 시적 영웅주의 연구」, 「한국 근·현대시에 나타나는 프로메테우스 수용양상 소고」, 「페트라르키즘과 유럽 문화 연구」, 「〈피노키오〉 문화에 대한 소고」, 「단테의 시와 정치적 이상」, 「문화 간 의사소통 문제와 한국문화 교육」, 「A. Baricco의 『노베첸토: 모노로그』와 G. Tornatore의 영화 〈피아니스트의 전설〉 비교연구」, 「이탈리아를 노래한 한국 시에 대한 연구」 외 다수가 있다.

이탈리아 시선집

ⓒ 김효신, 2019

1판 1쇄 인쇄__2019년 03월 10일
1판 1쇄 발행__2019년 03월 20일

편역자__김효신
펴낸이__홍정표

펴낸곳__작가와비평
　　　등록__제2018-000059호
　　　이메일__edit@gcbook.co.kr

공급처__(주)글로벌콘텐츠출판그룹
　　　주소__서울특별시 강동구 풍성로 87-6(성내동) 글로벌콘텐츠
　　　전화__02) 488-3280　팩스__02) 488-3281
　　　홈페이지__http://www.gcbook.co.kr

값 13,800원
ISBN 979-11-5996-231-6 03880

작 가 와 비 평
시   선

이탈리아 시선집

김효신 편역

작가와비평

"번역은 반역이다Traduttore, traditore"라는 이탈리아의 격언대로라면, 번역이 설 자리는 없어진다. 그러나 "번역은 작가의 의도를 헤아리는 작업"이라고도 하고, "번역이 자식이라면 원문은 부모이다. 원어와 역어 사이에 시간적, 문화적 차이가 나는 것은 부모와 자식의 세대 차이와 비슷하다"는 왈드롭Waldrop의 말에 번역의 설 자리는 생겨나고, 그 명분도 얻게 된다. 이러한 명분 있는 의미부여의 차원에서 번역을 행복한 직업이라고 추켜세우던 안정효의 찬사가 있는가 하면 이와 달리 '피를 말리는 작업'이라는 표현도 있다. 나로서는 후자가 더 피부에 와 닿는 것으로 본다. 이는 둘 다 번역가로서 최선을 다하는 모습을 지칭할 수 있는 것들이다. 행복한 직업으로 정착되기 위해서는 필연적으로 '피를 말리는 작업'이 수반되어야 하기 때문이다. 그리고 이러한 과정을 거친 번역물은 보는 이로 하여금 '행복'을 느낄 수 있게도 할 것이다. 흔히들, 번역은 '문화와 문화를 이어주는 가교'라고 한다. 그 가교역할을 수행할 번역가가 되기 위해서는 어학, 문화적 기반, 문장력 등이 요구되며,

4

더 나아가 단순한 기술적 문장력이 아닌, 문학성을 드러내야 하는 경우도 있다. 소설도 그러하지만, '피를 말리도록' 치열하게 작업해야 하는 문학 장르가 시 분야가 아닌가 생각된다. 안정효는 문체의 번역이 시에서보다 산문에서, 즉 소설에서 더 어렵고 힘들다고 하였으나, 시 번역의 이력이 워낙 미천한 때문인지는 몰라도 개인적인 견해로는 시야말로 문체를 옮겨놓기가 어렵고 힘든 정도가 아니고, 사실상 불가능할 만큼 힘들다고 본다.

시 번역가는 물론 원어에 능통해야 하고 감수성이 있어야 하며, 원어의 시적 전통까지 파악하고 있어야 한다. 시인의 문화적, 정치적 성향 및 마음을 이해하고, 한마음이 된 듯한 상황에서 원시의 형식을 깊이 관찰하고 간텍스트성 속에 담긴 정신을 명확히 이해해야 비로소 완벽한 번역이 나올 수 있다. 그러나 ① 시를 산문으로 번역하는 경우는 아예 형식 자체를 역자가 파기한 경우일 수도 있는데, 이는 시를 하나의 이야기가 있는 구조물로 보아서 그 내용만을 전달하게 된다. 흔히 이런 경우에는 번역작업이 수월해질 수 있으며, 시인의 성향 및 정신을 독자들에게 전달하는 것이 훨씬 명확할 수 있다. 그렇지만, 요즘은 산문시도 종종 있기 때문에 애초부터 원시가 산문형식의 시였다면, 산문 번역이 굳이 문제를 일으키지는 않는다. ② 시 번역에 풀어쓰기와 분석을 가미한 해석번역의 경우 시 내용에 충직하려는 역자의 태도를 읽을 수 있는데, 이 나름대로 문화가 다른 언어적 배경을 수용하고 문화와 문화를 이어주는 가교역할은 충실히 하는 셈이다. 그런데 사실 산문시로 되

5

어 있지 않은 우리가 보통 통념적으로 받아들이는 시는 번역된 시 역시도 시여야 한다는 입장이다. 번역을 생동하는 하나의 작품으로 만들기 위하여 번역가는 그 자신의 고유한 독창성을 유지할 권리가 있으며, 좋은 시로 번역할 수 있다면 시 번역 방법은 무엇이든 상관이 없을 것이다. 물론 우선적으로 원문을 중시하고 원문에 근거해야 하며, 원문과 역자가 타협을 해야 할 것이다. 그 방법적으로 어떠하든 간에 새로운 번역시는 원문시가 없다면 존재의 의미가 없으며, 번역시의 모체는 원문시이기 때문이다. 이는 번역가가 번역시 역시 시가 되기를 바라는지, 아니면 시인이 "진정으로 작품에서 쓰려고 한 것이 무엇인가를 정확하게 재현하고 싶은가에 따라" 번역 방법이 달라질 수 있다. 그런데 이 모두를 번역시에 담으려는 방법론적 태도가 바로 ③ 원시의 구조를 보존하면서 모든 것을 재창조하는 번역의 경우이다. 이 방법이 가장 바람직하며 진정한 시 번역이라고 할 것이다. 이 경우, 원시가 산문시가 아닌 경우라면, 번역시 역시도 시여야 한다는 것이다. 그래서 반웰K. Barnwell은 번역가의 임무는 "사실적인 정보뿐만 아니라 원전과 비슷한 감흥을 느낄 수 있게 번역하는 것"이라고 하였고, "가장 성공적인 시 번역가는 흔히 두 개의 언어와 문화에 익숙하고 무엇보다도 역어로 시를 쓰는 훌륭한 시인인 경우"라고 하였다.*

---

* 김효신, 「이탈리아 시 번역작업에 관한 일고」, 『이탈리아어문학』 제16집, 한국이탈리아어문학회, 2005, 58쪽.

비록 본인은 반웰이 역설한 바 대로의 훌륭한 시인도 아니고, 대단한 번역가도 아니다. 그렇지만, 이탈리아의 시 문학에 대한 애정을 갖고 그간 연구하고 번역한 일부 시작품들을 많이 부족하지만 세상에 내놓고 싶은 생각이 들어 실행에 옮기게 되었다.

이 시집에 실린 번역 시들은 기본적으로 저작권 문제와 무관한 1962년 이전에 작고한 이탈리아 시인들의 작품들이다. 그리고 이탈리아 시의 계보를 파악하는 데 도움이 될 수 있는 작품들로 구성하였다. 그리고 이탈리아의 시에 대한 개괄적인 자료로 졸고 「이탈리아의 시 연대기적 소고」를 참고자료로 함께 실었다.

아울러 이 시집이 나올 수 있게 도와주신 작가와비평의 홍정표 대표님 이하 여러분들께 이 자리를 빌어서 진심으로 감사를 드린다.

목차

책을 내면서 ___ 4

8

피조물의 노래Cantico delle Creature

앗시시의 성 프란체스코

지극히 높으시고 전능하시며 좋으신 주여,
찬미와 영광, 명예와 온갖 축복이 당신의 것이나이다.

오로지 당신께만, 지극히 높으신 자여, 마땅하나이다.
사람은 누구도 당신 이름을 부를 수조차 없나이다.

찬미 받으소서, 나의 주여, 당신의 모든 피조물과 함께,
특히 형제인 태양과 더불어,
낮을 이루고, 그 빛을 통해 당신께서 우리를 비추시나이다.
그분은 아름답고 장엄한 광채에 빛을 내고 있사오니,
아아 지극히 높으신, 당신의 상징이 되나이다.

찬미 받으소서, 나의 주여, 자매인 달과 별들을 통해,
당신께서 저들을 밝고 소중하게 그리고 아름답게 하늘에 마련하
셨나이다.

찬미 받으소서, 나의 주여, 형제인 바람을 통해
그리고 공기와 구름과 맑은 온갖 날씨를 통해,
저들로써 당신의 피조물에게 자양분을 주시나이다.

찬미 받으소서, 나의 주여, 자매인 물을 통해,
그녀는 매우 유용하고 겸손하며 소중하고 순결하나이다.

찬미 받으소서, 나의 주여, 형제인 불을 통해,
그로써 당신은 밤을 밝히시니,
그는 아름답고 흥겨우며 단단하고 강하나이다.

찬미 받으소서, 나의 주여, 우리의 자매인 어머니 대지를 통해,
그녀는 우리를 키우고 살찌우며,
형형색색의 꽃과 풀과 더불어 온갖 과일을 낳아주시나이다.

찬미 받으소서, 나의 주여, 당신의 사랑으로 용서를 하고
병과 고통을 참아내는 이들을 통해.
평화로이 참는 이들은 복 되나이다,
지극히 높으신 자여, 당신께서 저들에게 면류관을 씌워 주시기
때문이나이다.

찬미 받으소서, 나의 주여, 우리의 자매인 육체의 죽음을 통해,
그로부터 살아있는 존재는 누구도 벗어나지 못하나이다.

죽을죄 짓고 죽어갈 이들에게는 불행이 따르고,
당신의 지극히 거룩한 뜻을 좇아 죽음을 맞이하는 이들은 복
받으리이다,
두 번째 죽음이 저들을 전혀 해치지 못하기 때문이나이다.

내 주를 기려 높이 찬양하고 감사하리이다,
지극한 겸손을 다하여 주를 섬기리이다.

Altissimu, onnipotente, bon Signore,

tue so' le laude, la gloria e l'onore et onne benedictione.

Ad te solo, Altissimo, se confano

et nullu homo ene dignu te mentovare.

Laudato sie, mi Signore, cum tucte le tue creature,

spetialmente messor lo frate sole,

lo qual'è iorno, et alumini noi per lui;

et ellu è bellu, e radiante cum grande splendore;

de te, Altissimo, porta significatione.

Laudato si, mi Signore, per sora luna e le stelle;

in celu l'ài formate clarite et pretiose et belle.

Laudato si, mi Signore, per frate vento

et per aere et nubilo et sereno et onne tempo,

per lo quale a le tue creature dai sustentamento.

Laudato si, mi Signore, per sor' acqua,

la quale è multo utile et umele et pretiosa et casta.

Laudato si, mi Signore, per frate focu,

per lo quale ennallumini la nocte,

et ello è bello et iocundo et rubustoso et forte.

Laudato si, mi Signore, per sora nostra matre terra,

la quale ne sustenta et governa,

et produce diversi fructi, con doloriti fiori et erba.

Laudato si, mi Signore, per quelli che perdonano per lo tuo amore,

et sostengo infirmitate et tribulatione.

Beati quelli che 'l sosterrano in pace,

ca da te, Altissimo, sirano incoronati.

Laudato si, mi Signore, per sora nostra morte corporale,

da la quale nullu homo vivente po schappare.

Guai a quelli che morranno ne le peccata mortali;

beati quelli che trovarà ne le tue sanctissime voluntati,

ca la morte secunda nol farrà male.

Laudato et benedicete mi Signore et rengratiate

e serviateli cum grande humilitate.

작품 해설

아직 중세를 벗어나지 못한 시기에 하느님을 열렬히 추종하던 음유시인 앗시시의 성 프란체스코San Francesco d'Assisi(1182~1226)는 이탈리아어로 된 최초의 노래 「피조물의 노래Cantico delle Creature」*를 지었다. 프란체스코는 1182년 프로방스 지방 출신의 부유한 상인의 아들로 태어나, 1226년 작은 성당의 맨바닥에 제대로 된 옷 하나 걸치지 못한 채 생을 마감했다. 그는 방탕하고 사치스런 젊은 시절을 뒤로하고 1206년 하느님의 부르심을 받아, 모든 부를 포기한 채 하느님을 찬송하는 새로운 삶을 살게 되었다. 1223년 프란체스코 회칙이 정식으로 승인되어 이로부터 프란체스코 수도회가 유래된다. 프란체스코는 죽기 2년 전인 1224년 성 다미아노Damiano 성당의 텃밭에서 「피조물의 노래」를 썼다고 하며, 이 노래를 쓰기 전날 밤, 그는 방에서 잠을 자다 들쥐 떼의 습격을 받고 육체적인 극심한 고통을 겪어야만 했다. 그런데 그 고통의 끝에 하늘나라의 환영을 보고 위로를 받아, 영원한 구원에 대한 확실한 계시를 받게 되었다고 한다.

앗시시의 성 프란체스코는 「피조물의 노래」를 통하여 창조주 하느님의 세계 안에서 모든 피조물과 인간의 영혼을 조화시킴으로써 결국에는 그 영혼을 구하고자 했다. 이 노래는 형식면에서는 프로방스의 연애시에서 영향을 받았다고 말할 수 있지만, 주제는 전적으로 종교적이라고 평가받는다. 「피조물의 노래」는 전 인류를 향한 사랑의 노래이다. 앗시시의 성 프란체스코가 모든 피조물을 하느님 찬미에로 초대한 것은 피조물이 하느님으로부터 창조되어 하느님의 위대하심과 사랑을 반영하고 있기 때문이다. 「피조물의 노래」는 피조물을 통하여 하느님께 드리는 찬미의 송가이다. 이 노래 안에서 모든 피조물을 형제, 자매라고 부르며 우주 전체를 한 형제애로 뭉쳐진 존재, 한

---

* "태양의 노래", "주님의 참가", "자매인 죽음의 찬가"라고 부르기도 한다. 라틴어 제목은 "O Laudes Creaturarum"이다.

가족으로 보는 성인의 세계관을 읽을 수 있다. 또 여기에는 모든 이들이 두려워하는 죽음조차도 자매로 보고 있는 초월적인 영성도 함께 읽을 수 있다. 「피조물의 노래」는 후대의 많은 시인들에게 영감을 불어넣어 주었고, 이탈리아의 옛 노래 중 그 첫 번째로 꼽히는 작품이다.

오 주여, 제발O Signor, per cortesia

야코포네 다 토디

오 주여, 제발,
제게 나쁜 건강을 보내소서!

나흘 꼬박 열이 들끓게
하시고, 사흘은,
하루에 두 번씩
수종증이 심하게 하소서.

제게 오소서 치통이여,
두통이며 복통이여,
배에 콕콕 찌르는 고통이,
목에는 후두염이 있게 하소서.

눈병과 옆구리 고통
그리고 좌측 심장의 종기.
게다가 폐병마저 제게 겹치고
언제나 광기를 주소서. (⋯후략⋯)

O Signor, per cortesia,
mandame la malsania!

A me la freve quartana,
la contina e la terzana,
la doppia cotidiana,
colla grande idropesía.

A me venga mal de dente,
mal de capo e mal de ventre,
a lo stomaco dolor pungente,
en canna la squinantía.

Mal de occhi e doglia de fianco
e l'apostèma al lato manco;
tiseco me ionga en alco
et omne tempo la frenesía. (·······)

작품 해설

성 프란체스코의 「피조물의 노래」의 영향으로 이탈리아의 시는 점차로 활발한 양상을 띠기 시작하였다. 아내의 갑작스러운 죽음으로 변호사의 길을 접고 프란체스코 수도회에 들어가 가난한 사람들의 용감한 수호자가 된 야코포네 다 토디 Jacopone da Todi(1236~1306)는 당시 교황 보니파시우스 8세에 대항하여 과감한 투쟁을 벌이다 옥살이를 하기까지 했다. 그의 세상에 대한 냉소와 열렬한 신비주의는 유명한 『찬가Laude』에 그대로 드러나고 있다. 특히 이 세상의 온갖 질병들을 나열하면서 창조주 하느님을 찬양하는 「오 주여, 제발O Signor, per cortesia」에서는 그의 격정적인 허무주의마저 읽을 수 있다.

아름다운 새장을 나와 For de la bella gàiba

작가 미상

아름다운 새장을 나와 밤 꾀꼬리 도망갔다네.

새로 만든 새장 안에 자기의 작은 새가
없음을 알고 그만 그 어린아이 울고 말았네,
그래 속이 상해 말하네. "누가 새장 문을 열어 놨단 말이야?"
그래 속이 상해 말하네. "누가 새장 문을 열어 놨단 말이야?"

그래서 아이는 작은 숲속으로 갔다네,
너무나 달콤하게 우짖는 그 작은 새의 노랫소리를 들었다네.
"아아 아름다운 밤 꾀꼬리여, 나의 정원으로 돌아오라.
아아 아름다운 밤 꾀꼬리여, 나의 정원으로 돌아오라."

For de la bella gàiba fugge lo lixignolo.

Piange lo fantino però che non trova

lo so osilino nela gàiba nova,

e disse con dolo: "Chi gli avrì l'usolo?".

e disse con dolo: "Chi gli avrì l'usolo?".

E in un buscheto se mise ad andare,

sentì l'oseleto sì dolze cantare:

"Oi bel lixignolo, torna nel meo bròlo;

oi bel lixignolo, torna nel meo bròlo".

작품 해설

당시 가난한 민중들의 희로애락을 그대로 담은 민중적 서정시들이 주로 1265년부터 집정관들의 지시에 의하여 필사된 볼로냐Bologna의 공증 기록물에 전해져 오고 있다. 비록 세련되지는 못했지만 민중적 정서가 듬뿍 묻어나오는 노래들로서 대표적으로 「흥에 겨운 내 여인이여E la mia dona çogliosa」와 「아름다운 새장을 나와For de la bella gàiba」를 들 수 있다. 이 중에서도 특히 후자의 노래는 청아한 울림을 갖고 있는 서정시로서 춤을 추고 있는 생생한 모습을 묘사하고 있다. 축제 기간 중에 불렸을 것으로 추측되는 이 노래는 밤 꾀꼬리를 잃어버린 어린아이가 숲을 찾아 헤매다 다시 자신의 정원으로 새가 되돌아오기만을 허망하게 기다린다는 이야기이다.

칸초니에레_{Canzoniere} 서시

프란체스코 페트라르카

그대 들어보구려, 흩어진 시구로 이루어진 그 소리, 그 한탄
나 그 안에서 이 내 마음의 자양분을 취하고
나의 젊은 날의 첫 실수 위에
지금의 나와는 사뭇 달랐던 그때,

내가 울며 생각에 잠겼던 다양한 시 속에서
헛된 희망과 고통 사이를 헤매며,
시련을 통해 사랑을 알게 되는 누군가 있다면,
바라건대 용서뿐 아니라 연민까지 얻으리.

이제야 나는 알게 되었네.
사람들에게 오래도록 조소거리였음을,
가끔은 스스로 부끄러워진다네.

내 철부지 같은 사랑 행각은 수치심이요, 뉘우침이니,
분명코 깨달은 바는
세상 사람들이 그토록 좋다 하는 연애가 한낱 꿈에 불과한 것을.

Voi ch'ascoltate in rime sparse il suono

di quei sospiri ond'io nudriva 'l core

in sul mio primo giovenile errore

quand'era in parte altr'uom da quel ch'i' sono,

del vario stile in ch'io piango et ragiono

fra le vane speranze e 'l van dolore,

ove sia chi per prova intenda amore,

spero trovar pietà, nonché perdono.

Ma ben veggio or sì come al popol tutto

favola fui gran tempo, onde sovente

di me medesmo meco mi vergogno;

et del mio vaneggiar vergogna è 'l frutto,

e 'l pentersi, e 'l conoscer chiaramente

che quanto piace al mondo è breve sogno.

작품 해설

　　13세기를 지나 14세기에 이르게 되면 이탈리아어로 이루어진 시 창작이 깊이를 더하면서 발전되어 갔다. 특히, 13세기 중반 자코모 다 렌티니에 의해서 시작된 것으로 추정되는 소네트를 완벽한 아름다운 시로 발전시켜 완성시킨 장본인은 바로 프란체스코 페트라르카Francesco Petrarca(1304~1374)이다. 바로 이 페트라르카의 소네트를 모방하여 시를 창작하고자 하는 아류들이 페트라르카 이후 서구문학에서 400년이나 이어진 것을 보면 그 영향력을 가히 짐작하고도 남을 것이다.

　　페트라르카는 이탈리아 인문주의를 대표하는 시인이며, 라틴어 학자이기도 하다. 그는 1304년 7월 20일 이탈리아 아렛초Arezzo에서 태어나 1374년 7월 19일 아르콰Arqua에서 일생을 마칠 때까지 만 70세의 삶을 통해서 문학에 대한 사랑을 철저하게 실천했던 계관시인이다. 그의 시집 『칸초니에레』*는 페트라르카의 영혼 속에 타고난 천상과 지상 사이, 육체와 정신 사이에서의 치유될 수 없는 갈등을 지배하는 사랑의 이야기이다. 인간적인 것, 특히 아름다움의 덧없음에 대한 묵상에서 갈등은 더욱 깊어진다. 그의 영혼 속의 이러한 대립관계는 극적으로 발전되지는 않지만, 오히려 눈물과 탄식 속에 동반되는 우울한 면으로 나타나게 된다. 이 시집은 첫 번째 서시 소네트에서 마지막 칸초네에 이르기까지 일관성 있는 면모를 보여준다. 첫 번째 소네트에서 페트라르카는 정열의 헛됨을 확신하고 있으며, 마지막 칸초네에서 이미 그의 사상은 천상적인 것들과 죽음으로 기울어져 있어 성모 마리아에게 용서와 보호를 간청하고 있다. 페트라르카의 대표적인 시집 『칸초니에레Canzoniere』는 서양 시문학 사상 가장 큰 영향력을 지닌 시집으로 서양 근대 서정시의 정전

---

*　페트라르카의 시집 『칸초니에레』는 366편으로 이루어져 있는데, 그 중 317편이 소네트sonetto이고, 칸초네canzone 29편, 세스티나sestina 9편, 발라드ballata 7편, 마드리갈madrigale 4편 등으로 구성되어 있다.

(正典)이다. 이 시집에 실려 있는 317편의 소네트들은 대부분이 라우라에 대한 시인의 절절한 사랑을 노래하고 있다.

그중에서도 특히, 시집 『칸초니에레』의 서시는 페트라르카가 사제의 신분으로 세속적인 욕망을 드러낸 사건, 즉 1337년과 1343년 아비뇽에서 한 여인과의 사이에 아들 조반니와 딸 프란체스카를 얻은 사건에서 비롯된 젊은 날의 과오를 괴로워하는 시인의 심리 상태를 엿볼 수 있는 작품이다.

불이 불로 소진된 적 없고Se mai foco per foco non si spense

프란체스코 페트라르카

불이 불로 소진된 적 없고,

강이 비로 인해 고갈된 적 없고 보면,

만물은 항시 같음으로 서로 보태어지기도 하고,

더러는 다름으로 하여 서로를 키워주기도 한다네,

사랑*이여, 그대는 우리 모든 생각의 지배자

두 몸 안에 깃든 영혼의 안식처,

왜 그대는 영혼 안에 깃들면서도 오히려

강렬한 나의 욕망을 덜게만 하려 하는가?

아마도 그것은 높은 데서 떨어지는 나일 강이

그 거대한 소리로 주변을 귀먹게 하고,

태양이 응시하는 자를 눈멀게 하는 듯 여겨지네,

---

* 여기서의 사랑은 페트라르카의 영원한 사랑을 의미하는 여인 라우라를 가리키는 것이다.
라우라는 시인으로서의 페트라르카에게 끊임없는 시적 영감을 불러일으킨 장본인이다.

이처럼 조화를 잃은 욕망이란,

그대로 놓아두게 되면 제풀에 사그라지기 마련이고,

지나친 박차 또한 되레 도주를 늦추고 만다네.

Se mai foco per foco non si spense,

né fiume fu già mai secco per pioggia,

ma sempre l'un per l'altro simil poggia,

et spesso l'un contrario l'altro accense,

Amor, tu che' pensier' nostri dispense,

al qual un'alma in duo corpi s'appoggia,

perché fai in lei con disusata foggia

men per molto voler le voglie intense?

Forse sí come 'l Nil d'alto caggendo

col gran suono i vicin' d'intorno assorda,

e 'l sole abbaglia chi ben fiso 'l guarda,

cosí 'l desio che seco non s'accorda,

ne lo sfrenato obiecto vien perdendo,

et per troppo spronar la fuga è tarda.

작품 해설

　366편으로 이루어진 시집 『칸초니에레』에서 약 30편의 시를 제외하고는 모두 라우라Laura에 대한 사랑을 읊은 시이다. 소네트 「불이 불로 소진된 적 없고」 역시 라우라에 대한 사랑을 노래한 대표적인 작품이다. 1327년 처음 만난 여인 라우라는 그녀의 삶과 죽음이 페트라르카의 시집에 중요한 모티브로 작용하고 있다. 그리하여 시집 『칸초니에레』는 크게 라우라의 생전과 사후 두 부분으로 나눠진다. 첫 번째 서시 이후부터 263번째 시까지는 라우라 생전의 시로, 그리고 서시와 264번째 시에서부터 마지막 366번째 시까지는 라우라 사후의 시로 보는 것이다. 라우라의 생전에 해당되는 부분에서 페트라르카의 사랑은 매우 인간적인 감정이며, 때때로 열정적인 충동을 불러일으킨다. 라우라는 페트라르카의 작품 속에서 현실적인 선과 색을 가지고 있다. 그래서 페트라르카는 그녀의 금발, 빛나는 눈, 검은 속눈썹, 가녀린 손을 노래한다. 라우라의 사후에 해당되는 부분에서 페트라르카는 라우라의 죽음에까지 계속되는 자신의 사랑을 천상적인 것으로 승화시키고 있다. 환상 속에서 그녀는 화려하고 아름답지만, 때로는 어머니와도 같이 따스하고 온화한 존재로 표현되고 있기도 하다.

이탈리아에게 Ad Italiam

프란체스코 페트라르카

안녕, 하느님이 사랑하는 너무도 거룩한 땅이여, 안녕
선한 이들에겐 안심이 되는 땅이며, 사악한 이들에겐 무시무시
한 땅이여,
그 어떤 유명한 곳들보다도 한결 더 고귀한 땅이여,
보다 더 비옥하고, 보다 더 아름다운 땅이여,
두 바다에 둘러싸여 있고, 이름 드높은 산으로 빛을 발하나니,
그대의 무기들, 신성한 법률들로 인해 존경을 받을 만하고,
뮤즈들의 거처이자, 황금과 영웅들이 넘쳐나는 곳,
예술과 자연이 그대에게 온갖 지고의 덕목을
안겨주었고, 그대를 세상의 스승으로 주목했다네.
그대에게 이제 강렬한 열망을 품고 한참 만에 돌아오노니
더 이상 그대에게서 멀어지지 않으리라. 그대는 지친 나의 삶에
위안을 주리라. 그대는, 마침내, 내가 생을 마칠 때
내 사지를 덮어줄 땅을 안겨 주리라. 기쁨에 가득 차,
그대 이탈리아를 녹음 우거진 몽주네브르 언덕에 올라 바라본다네.
내 뒤로 온갖 구름이 머물고, 그대의 평온한 공기는
나의 얼굴로 밀려오는데, 감미롭게 이는 미풍이

나를 맞아준다네. 나의 조국을 알아보고 기쁜 마음에 인사를 하네.
안녕, 나의 아름다운 어머니, 안녕, 세상의 영광이여!*

Salve, cara Deo tellus sancissima, salve
tellus tuta bonis, tellus metuenda superbis,
tellus nobilibus multum generosior oris,
fertilior cunctis, terra formosior omni,
cincta mari gemino, famoso splendida monte,
armorum legumque eadem veneranda sacrarum,
Pyeridumque domus, auroque opulenta virisque,
cuius ad eximios ars et natura favores
incubuere simul, mundoque dedere magistram.
Ad te nunc cupide post tempora longa revertor
incola perpetuus. Tu diversoria vite
grata dabis fesse. Tu quantam pallida tandem

* 　김효신, 「이탈리아 시에 나타난 조국과 민족 담론 소고」, 『이탈리아어문학』 제25집, 한국이
　　탈리아어문학회, 2008, 38쪽. 이하 '김효신(2008: 쪽수)'.

membra tegant, prestabis humum. Te letus al alto
Italiam video frondentis colle Gebenne.
Nubila post tergum remanent; ferit ora serenus
spritus, et blandis assurgens motibus aer
excipit. Agnosco patriam, gaudensque saluto.
Salve, pulchra parens, terrarum gloria, salve!

작품 해설

1348년 페트라르카는 이탈리아의 파르마에 잠시 머무르는 동안 자신의 영원한 연인인 라우라가 페스트로 죽었다는 비보를 접한다. 이로부터 몇 년 후인 1353년 그는 프랑스를 떠나 이탈리아로 영구 귀국한다. 돌아오는 길에 프랑스와 이탈리아의 국경 근처에 위치한 몽주네브르 고개에 올라 조국에 대한 감동을 노래한 라틴어 시가 바로 「이탈리아에게」이다. 페트라르카는 단테가 세워놨던 지방어 정신을 살리고 계승하여 오늘날의 이탈리아어로 되게 하는 데에 절대적인 공헌을 한 인문주의자이다. 그러한 그가 이탈리아어가 아닌 라틴어로 조국 이탈리아에게 애정이 넘치는 감동에 찬 인사를 건넸던 것은 현세적으로 볼 때 이해하기 힘들 수 있다. 그러나 페트라르카는 14세기를 대표하는 라틴어 학자였기에 조국에 대한 예찬을 보다 사회적, 문화적인 힘을 부여하는 당시의 공식 언어 라틴어로 사용하고자 했을 것으로 미루어 짐작할 수 있다.

기약 없이 아비뇽으로 떠났던 페트라르카가 다시 조국으로 돌아오는 길은 감회가 남다르다. 이탈리아의 영광스러운 역사와 너무도 드높은 문명에 대한 위대한 기억들 그리고 이탈리아의 자연의 아름다움에 대한 마음 깊은 곳에서 울려 나오는 찬사들이 자신의 조국의 품 안에 다시 안긴다는 기쁨과 더불어 터져 나오는 것이다. 이탈리아는 근대의 인문주의 시인 페트라르카에게 하나의 안식처요, 어머니의 품 같이 따스한 고향이다.

소네트Sonetto

미켈란젤로 부오나롯티*

도대체 나는 무엇에 이 격렬한 욕구를
쏟아붓나 눈물이 흐르고 우울한 말들만 나오네,
하늘은 나중에도 잠시도 결코 떨쳐버릴 수 없는
고통의 영혼이 갖는 운명을 어찌할꼬?

사람은 모두 죽게 되어 있거늘 죽음을 원한다고,
무엇에 마음이 들볶일 필요가 있는가? 그래서 이 서광이 비치면
죽음의 시간은 덜 괴로워진다네.
내 모든 고통보다 다른 이의 모든 행복이 더 중요하리니.

그러나 내가 훔치고 슬쩍 취한 그 충격을 피해 만약
도망갈 수 없다면, 적어도 운명이 되리라,
누가 달콤함과 고통 사이로 들어가려 하겠는가?

---

* 16세기를 장식했던 시인들로는 우리가 조각가로 더 잘 알고 있는 미켈란젤로 부오나로티
Michelangelo Buonarroti(1475~1564)를 비롯해 페트라르카 시풍을 맹목적으로 모방하던 일군의
시인들이 있었다.

만약 정복당하거나 사로잡힌다면, 나는 틀림없이 복을 받으리라,
만약 벌거벗은 채 혼자라면, 경이로운 일이 아닌 것을,
무장한 기사의 포로로 남을 수밖에.*

A che più debb'io mai l'intensa voglia
sfogar con pianti o con parole meste,
Se di tal sorte 'l ciel, che l'alma veste,
Tard' o per tempo, alcun mai non ne spoglia?

A che 'l cor lass' a più morir m' invoglia,
S' altri pur dee morir? Dunque per queste
Luci l' ore del fin fian men moleste;
Ch' ogn' altro ben val men ch' ogni mia doglia.

Però se 'l colpo, ch' io ne rub' e 'nvolo,

---

* 김효신, 「르네상스 천재, 미켈란젤로의 서정시와 미적 갈등」, 『이탈리아어문학』 제36집, 한국이탈리아어문학회, 2012, 38쪽. 이하 '김효신(2012: 쪽수)'.

Schifar non poss'; almen, s' è destinato,
Chi entreran fra la dolcezza e 'l duolo?

Se vint' e pres' i' debb' esser beato,
Maraviglia non è se, nud' e solo,
Resto prigion d'un Cavalier armato.

작품 해설

르네상스 시대를 대표하는 3대 천재로는 레오나르도 다 빈치, 라파엘로, 미켈란젤로가 있다. 이들 중 대표적인 르네상스인 레오나르도 다 빈치는 약 40여 편의 산문을 남겼고, 조각가로서의 완벽함을 구사했던 르네상스 만능인 미켈란젤로는 327편의 시와 500여 편의 편지를 남겼다. 그중에서 여기에 소개된 소네트는 그의 동성애적 상대인 로마의 젊은 귀족 톰마소 데 카발리에리에게 바치는 시편 중 하나이다. 페트라르카 시풍을 좇아서 연애 감정을 드러내는 대표적인 시로 유명한 이 작품은 자신이 무장한 기사에게 잡혀 있다는 내용의 소네트이다. 이 소네트 안에서 미켈란젤로는 카발리에리라는 이름을 이탈리아어의 '무장한 기사/카발리에르 아르마토Cavalier armato'라는 말과 발음이 같은 점을 이용하고 있다. 사실 카발리에리라는 이름은 이탈리아어로 기사를 의미하는 카발리에레Cavaliere라는 단어의 복수 형태와 동일하여 기사라는 표현이 나오는 부분마다 애인 카발리에리를 떠올리게 한다. 이 소네트에서 '사랑'이라는 용어는 단 한 번도 명시적으로 쓰이지 않았지만, 이 시를 읽는 순간 이 시의 주제임을 알게 된다.

소네트 53 Sonetto 53

미켈란젤로 부오나롯티

언제나 가혹한 죽을죄는 아니네.
잔인한 열정이 무한한 아름다움을 향한다 해도,
만약 심장이 녹아내리도록 놔둔다면,
성스러운 화살이 그 심장을 한순간 통과해가리라.

사랑은 눈뜨게 하고, 흔들어 깨우며, 날개를 달아 준다네,
높이 비상飛上함은 헛된 걱정에 국한되지 않는다네;
창조주에게 다가가는 그 첫 단계,
이에 만족하지 않고, 영혼은 오르고 또 오르네.

말하건대 높이 고양된 것에 대한 사랑은;
여인이여, 너무나 다르구나; 현명한 남자의 마음에
여인에 대한 열정은 적합하지를 않구나.

하나는 하늘로 끌어당기고, 다른 하나는 땅으로 끌어당기네;
하나는 영혼 안에, 다른 하나는 감각 안에 산다네,
그리고 활은 수준이 낮고 비천한 것들에게 화살을 당기네.*

---

* 　김효신(2012: 45~46).

Non è sempre di colpa aspra e mortale
D'una immensa bellezza un fero ardore,
Se poi si lascia liquefatto il core,
Che 'n breve il pènetri un divino strale.

Amore isveglia e desta e impenna l'ale,
Nè l'alto vol prescrive al van furore;
Qual primo grado, ch'al suo creatore,
Di quel non sazia, l'alma ascende e sale.

L'amor di quel ch'io parlo in alto aspira;
Donna, è dissimil troppo; e mal conviensi
Arder di quella al cor saggio e virile.

L'un tira al cielo, e l'altro in terra tira;
Nell'alma l'un, l'altro abita ne'sensi,
E l'arco tira a cose basse e vile.

작품 해설

미켈란젤로의 「소네트 53」 역시 톰마소 데 카발리에리에게 바치는 또 다른 시편 중 하나이다. 그들의 관계는 무엇보다 스승과 제자로서 예술가의 관계였다. 미술 평론가 조르조 바사리는 미켈란젤로가 카발리에리를 예술적 재능이 꽉 찬 인물로 알고 있었다고 기록한다. 카발리에리의 소묘 선생이 미켈란젤로였고, 이 둘의 관계는 스승과 제자로만 머물지 않고 미켈란젤로가 작업을 할 때 카발리에리가 옆에서 도왔다고 한다. 카발리에리는 미켈란젤로의 완벽한 서정시에 영감을 준 젊은 건축가이자 사랑하는 조수였다.

미켈란젤로의 진정 어린 마음을 토로하고 있는 이 작품에서 그는 여인에 대한 자신의 사랑이 맞지 않는다고 고백하고 있다. "무한한 아름다움"을 향하는 미켈란젤로의 열정은 그 누구도 꺾지 못하는 것이다. 오히려 큐피드의 화살, 성스러운 화살의 세례를 받고 사랑에 눈을 뜨게 되는 것이다. 사랑은 미켈란젤로의 정신과 온몸을 흔들어 깨우며 날개를 달아 준다. 이윽고 날개를 단 미켈란젤로는 자유로운 몸이 되고 한껏 높이 날아오른다. 그것이 헛된 격정일지라도 추호의 후회도 없다. 현자의 마음과 남성성이 드러나는 마음이 함께 존재한다. 남성성은 감각을 살리고 활시위는 보다 저급하고 비천한 것들, 인간의 육체적인 욕망을 얻고자 활을 당기는 것이다. 하늘에 묶여 있는 천상의 것과 땅에 묶여 있는 지상의 것들, 하늘에 속해 있는 영혼과 땅 위에 꿈틀거리는 감각들을 오고 가며 미켈란젤로는 감각의 세기, 인간 중심적인 세기 르네상스의 절정을 이 작은 소네트 한 편에 담아내고 있다.

조국 이탈리아여All'Italia

자코모 레오파르디*

오 나의 조국이여, 그대의 수많은 성곽과 아치

기둥과 조상彫像 그리고 한적하게 서 있는

우리 조상의 탑들,

그러나 그 영광 보이지 않고,

그 월계수와 그 검劒도 우리네 선조들의 것이건만

보이지 않도다. 이제 아무 방어 능력 없이, (……)

우는가, 나의 이탈리아여, 그럴 만도 하여라,

뭇 사람들을 제압하는 자로 태어난 그대 아니던가.

행운이 따를 때도 그랬고 역경에 처할 때도 그렇지 않았던가.

---

* 19세기를 대표하는 이탈리아 시인. 자코모 레오파르디Giacomo Leopardi(1789~1837)의 애국
심 고취의 초기 시. 이 시는 1818년 레오파르디의 고향 레카나티Recanati에서 창작된 작품으로
11음절과 7음절로 이루어진 20행의 7연으로 구성된 칸초네Canzone 형식이다. 시인은 선조들
이 살았던 시대, 강하고 영광스러운 이탈리아를 노래한다. 당시의 노예같이 무방비한 모습을
하고 있는 이탈리아를 주시하면서 한탄스럽게 개탄하다. 오로지 시인만이 본보기가 되리라는
희망을 갖고 조국을 위해 싸워 죽을 준비가 되어 있음을 노래한다. 그리스의 역사적인 테르모
필레 전투를 상기하면서 민중에게 용기를 주고 함께 나아가자고 선도한다. 레오파르디의
대표적인 시집 『노래들I Canti』에는 주옥같은 서정시들이 많다. 그중에서도 너무도 유명한
시편들, 즉 「무한L'infinito」, 「실비아에게A Silvia」, 「고독한 참새Il passero solitario」, 「아시아에서
방랑하는 목동의 야상곡Il canto notturno di un pastore errante nell'Asia」, 「금작아la ginestra」 등은
이탈리아인들이 애송하는 노래들이다.

만약 그대의 눈이 두 개의 영원한 샘물이었다면,
결코, 그 눈물은 그대의 아픔과 치욕이
될 수 없었을 것이리라.
(……) 어디에 예전의 위력이 있는가,
어디에 무기가 있으며, 그 가치와 불멸성이 있는가?
(……) 그대 사람들 가운데 어느 누구라도
그대를 지켜주지 않았는가? 무기, 여기 무기로. 나 혼자서라도
싸우리라, 앞으로 나아가 쓰러지리라 나 홀로일지라도.
오 하늘이여, 나의 피가 이탈리아인들의
가슴에 불을 댕기게 할지어다.

그대의 아들들은 어디에 있는가? 무기 소리
수레 소리 또 병사들의 소리 또 북소리 들려 온다.
낮 설은 타지에서
그대의 아들들이 싸우노라. (……)
다른 땅에서 이탈리아의 검들이 싸우다니.
아 아 불쌍하다 싸우다 꺼져버린 이들이여,

조국을 위한 것도 아니요 사랑스러운
아내와 사랑하는 자식들을 위한 것도 아니요,
단지 남의 적들이 있는 곳에서
다른 민족을 위해, 죽으면서도 이런 말 한마디 못하였도다.
어머니 같은 고향 땅이여,
내게 주신 생명 여기 당신께 돌려드리나이다.

아 아 행복했던 사랑스러운 축복의
그 옛날이여, 그때는 죽기로 작정하고
조국을 위해 사람들이 전쟁터로 달려가곤 했도다.
그리고 그대들 언제나 명예와 영광의 주인공들이여,
아 아 테살리아의 협곡이여,
그 품에선 페르시아뿐 아니라 운명 역시도
자유롭고 관대한 저 몇 안 되는 영혼들보다도 못하였구나! (……)
그 옛날, 비열하고 잔혹한,
크세르크세스는 헬레스폰토스로 달아나 버리고,
이는 마지막 후손에 이르기까지 웃음거리가 되었다네.

안텔라 언덕 위에서, 죽어가면서도
그 성스러운 부대는 죽음에서 벗어났노라,
시모니데스는 그 언덕에 올라서서,
하늘과 바다와 그 언덕의 흙을 응시했노라.

우선 하늘에서 떨어져 나온 별들이, 바다 속으로 추락하여,
심연 속에서 별빛이 사라져버리며 울 때에,
비로소 그대들에 대한 기억과 그대들의
사랑이 잊혀져 버려 약해질 것이리.
그대들의 무덤은 하나의 제단이라. 여기
어머니들이 아이들에게 그대들의 피의 아름다운
행적들을 보여줄 것이리라. 나도 역시 몸을 낮추어,
아 아 복된 자들이여, 땅바닥으로 몸을 숙여,
이 돌들과 이 흙덩이에 입을 맞추었구나,
그대들의 발자취는 영원히 이 세상 끝에서 끝까지
널리 알려지고 칭송되리라.
아 아 나 역시도 그대들과 더불어 여기 아래에 있기를, 그리고

나의 피로 이 어머니 대지가 젖을 수 있기를.

만약 운명이 달라서, 내가 그리스를 위해

전쟁터에 쓰러져 임종의 눈을 감을 수 없다면,

다가올 미래에

적어도 소박한 그대들의 예언자 시인이라는 명성이나마

그대들의 명성만큼이라도, 신들이 원하는 대로,

그렇게 오래도록 이어질 수 있게 하리라.*

O patria mia, vedo le mura e gli archi

E le colonne e i simulacri e l'erme

Torri degli avi nostri,

Ma la gloria non vedo,

Non vedo il lauro e il ferro ond'eran carchi

I nostri padri antichi. Or fatta inerme, (⋯⋯)

Piangi, che ben hai donde, Italia mia,

---

*   김효신(2008: 42~48) 일부 수정.

Le genti a vincer nata
E nella fausta sorte e nella ria.

Se fosser gli occhi tuoi due fonti vive,
Mai non potrebbe il pianto
Adeguarsi al tuo danno ed allo scorno;
(·····) dov'è la forza antica,
Dove l'armi e il valore e la costanza?
(·····) non ti difende
Nessun de' tuoi? L'armi, qua l'armi: io solo
Combatterò, procomberò sol io.
Dammi, o ciel, che sia foco
Agl'italici petti il sangue mio.

Dove sono i tuoi figli? Odo suon d'armi
E di carri e di voci e di timballi:
In estranie contrade

Pugnano i tuoi figliuoli. (······)

Pugnan per altra terra itali acciari.

Oh misero colui che in guerra è spento,

Non per li patrii lidi e per la pia

Consorte e i figli cari,

Ma da nemici altrui

Per altra gente, e non può dir morendo:

Alma terra natia,

La vita che mi desti ecco ti rendo.

Oh venturose e care e benedette

L'antiche età, che a morte

Per la patria correan le genti a squadre;

E voi sempre onorate e gloriose,

O tessaliche strette,

Dove la Persia e il fato assai men forte

Fu di poch'alme franche e generose! (······)

Allor, vile e feroce,

Serse per l'Ellesponto si fuggia,

Fatto ludibrio agli ultimi nepoti;

E sul colle d'Antela, ove morendo

Si sottrasse da morte il santo stuolo,

Simonide salia,

Guardando l'etra e la marina e il suolo.

Prima divelte, in mar precipitando,

Spente nell'imo strideran le stelle,

Che la memoria e il vostro

Amor trascorra o scemi.

La vostra tomba è un'ara; e qua mostrando

Verran le madri ai parvoli le belle

Orme del vostro sangue. Ecco io mi prostro,

O benedetti, al suolo,

E bacio questi sassi e queste zolle,

Che fien lodate e chiare eternamente

Dall'uno all'altro polo.

Deh foss'io pur con voi qui sotto, e molle

Fosse del sangue mio quest'alma terra.

Che se il fato è diverso, e non consente

Ch'io per la Grecia i moribondi lumi

Chiuda prostrato in guerra,

Così la vereconda

Fama del vostro vate appo i futuri

Possa, volendo i numi,

Tanto durar quanto la vostra duri.

작품 해설

자코모 레오파르디는 19세기 이탈리아 문학을 대표하는 낭만주의 시인이다. 1809년부터 이후 7년 동안 고전 작품 연구와 철학적 연구에 매달리던 시인이 1815년에서 1816년 사이에 이제 자신의 빛깔을 띤 시와 문학연구에 열중하게 되었다. 이즈음에 가정환경에서 영향을 받은 반동적인 사상을 부정하게 되었고 조국의 자유에 대한 이상, 이탈리아에 대한 현실적인 애국심을 드러내게 된다. 특히 1817년에는 당대 유명한 문인들, 즉 고전 연구가 조르다니 P.Giordani(1774~1848), 시인 몬티V.Monti(1754~1828), 고문서학자 마이 A.Mai(1782~1854) 등과의 접촉으로 비로소 이탈리아 문인 사회에 본격적인 입성을 하게 된다. 이 당시 친하게 지내던 유명 인사들로부터 애국적 자유주의 사상을 수혈 받게 된 것이다. 낭만적 애국적 자유주의 사상에 젖어 들게 된 레오파르디는 1818년 「조국 이탈리아여」를 창작하였다. 페트라르카의 라틴어 시 「이탈리아에게」에서 영향을 받은 시 「조국 이탈리아여」의 중심에 놓여 있는 시적 모티브는 조국애이다. 시작품 안에 구체적으로 드러나는 조국애의 모습을 살펴보면 다음과 같다. 그 첫째가 지난날의 영광과 현재의 비열함 사이의 대조이고, 둘째가 이탈리아가 처해있는 슬프고도 비참한 상황에 대한 고통이며, 셋째가 외국인들을 위해서 싸울 수밖에 없는 이탈리아 젊은이들의 운명에 대한 슬픔이고, 그 넷째가 근대보다 더 운이 좋았던 것으로 간주되는 옛 시절에 대한 회한이며, 다섯째가 조국의 사랑의 성스러움이고, 여섯째가 조국에게 바치는 최상의 헌신에 대한 열망이다. 이러한 다양한 애국적 감정들은 동시에 계몽하고 계도하는 예언자적인 시인의 모습으로 마무리된다.

무한 L'Infinito

자코모 레오파르디

내게 언제나 정답던 이 호젓한 언덕,
이 울타리, 지평선 아스라이
시야를 가로막아 주네.
저 너머 끝없는 공간, 초인적인
침묵과 깊디깊은 정적을
앉아 상상하노라면, 어느새
마음은 두려움에서 멀어져 있네. 이 초목들
사이로 바람 소리 귓전을 두드리면, 문득 난
무한한 고요를 이 소리에
견주어 보네. 이윽고 내 뇌리를 스치는 영원함,
스러져 버린 계절들, 또 나를 맞아
숨 쉬는 계절, 이 소리, 그리하여
이 무한 속에 나의 상념은 빠져드네.
이 바다에선 조난당해도 내겐 기꺼우리.*

---

*   김효신, 「이탈리아의 시 연대기적 소고」, 『이탈리아어문학』 제30집, 한국이탈리아어문학회,
2010a, 97쪽.

Sempre caro mi fu quest'ermo colle,

e questa siepe, che da tanta parte

dell'ultimo orizzonte il guardo esclude.

Ma sedendo e mirando, interminati

spazi di là da quella, e sovrumani

silenzi, e profondissima quiete

io nel pensier mi fingo, ove per poco

il cor non si spaura. E come il vento

odo stormir tra queste piante, io quello

infinito silenzio a questa voce

vo comparando: e mi sovvien l'eterno,

e le morte stagioni, e la presente

e viva, e il suon di lei. Così tra questa

immensità s'annega il pensier mio:

e il naufragar m'è dolce in questo mare.

작품 해설

유럽의 지정학적 위치에서 시련을 겪어야 하는 이탈리아의 숙명적 현실을 슬퍼하고 나아가서는 조국애를 고양시키는 시 「조국 이탈리아여」에서처럼 목적의식과 주제의식이 지나치게 강하면 시의 미적 가치를 잃기 마련이다. 숭고한 사랑과 열정을 가진 작품일망정 문학성을 손상시킬 수 있기 때문이다. 레오파르디는 본격적인 창작 활동기에 접어들면서 사회문제보다는 자신의 내면세계에 집착하는 경향을 나타냈다. 그러면서 그는 낭만주의 시인으로서의 확고한 입장을 보이며 고전주의 시인들이 추구하던 통일적인 법칙도 무시하고, 사회 현실을 외면하였다. 병약한 신체적 조건에서 비롯된 염세적 인생관을 소유하고 있던 레오파르디의 갇힌 삶에 대한 토로가 그의 작품 여기저기에서 드러나고 있다. 시 「무한」에서도 그러한 염세주의적 인생관이 깊은 사유로부터 파생되어 나옴을 느낄 수 있다. 고향 레카나티를 배경으로 무한의 세계에 침잠하는 시인의 모습을 떠올릴 수 있다. 1825년에서 1826년에 창작 발표된 시 「무한」은 다분히 관조적이며 명상적인 시인의 삶의 태도를 읽을 수 있는 작품이다.

이탈리아의 인사Saluto Italico

조수에 카르둣치*

아 이탈리아의 옛 시구들이여, 몰롯소가 으르렁대기를,
내가 손가락을 두드려 좇아가고 아니면 그대들의 흩어진

숫자들을 상기한다고 하네, 마치 꿀벌들이 동판을 두드리는
둔탁한 소리를 내며 빙글빙글 돌면서 꿀을 모으듯이.

그러나 그대들은 나의 마음(심장)에서 날아오른다네, 마치 첫

---

* 일찍이 베네데토 크로체Benedetto Croce(1866~1952)가 '예언자적 시인Poeta Vate'이라고 칭송
했던 카르둣치는 수많은 시편들을 발표하여 논쟁을 불러일으키기도 하고, 심금을 울리기도
했다. 1906년에는 노벨문학상을 수상하였는데 그의 대표적인 시집으로는 『새로운 운율Rime
Nuove』과 『야만스러운 송가들Odi Barbare』이 있으며 여기에 실린 많은 시편에서는 낭만적인
퇴폐성마저 엿보인다. 시인 카르둣치는 고전세계와 과거의 역사에 집착하는 시, 전원을 노래
한 시 등을 창작하였다. 특히, 「산 마르티노San Martino」는 삶과 자연의 테마가 아름답게 어우러
진 완벽한 서정시이며, 「해묵은 슬픔Pianto antico」은 가족에 대한 추억, 특히 아들의 죽음에
대한 그의 인간적인 고통과 슬픔을 시적으로 잘 승화시켜 놓고 있다. 「그리스의 봄들Primavere
elleniche」에서는 그리스의 평온함과 아름다움에 대한 이상을 찬양하고 있다. 고전주의적 형식
에 낭만주의적 시적 흐름을 담고 있는 카르둣치 시는 비록 그가 20세기에 들어와서 노벨문학
상을 받았다고는 하지만 완전히 20세기적이지 못하고 후기 낭만주의에 머물 수밖에 없었다.
작시법상의 기술적인 측면들을 강조했던 점, 과도한 도덕성의 노출, 계몽주의적 표현과 논쟁
조의 억양, 문화적 소양을 과도하게 드러내는 등의 한계성을 보여 주었던 것이다. 이러한
구태의연한 요소들에도 불구하고 자연과 삶을 노래하고, 인간적인 고통의 내면세계를 드러내
는 작품들은 이탈리아 서정시의 명맥을 유지하며 이탈리아의 어린이들이나 초등, 중등, 고등
학교의 교과서에 빠지지 않고 등장하는 애송시들인 것이다. 그 대표적인 시들이 앞서 열거한
시들 이외에 「소Il bove」, 「고통에 찬 발라드Ballata dolorosa」, 「눈은 내리고Nevicata」, 「토스카나
의 마렘마를 지나며Traversando la Maremma toscana」, 「그리움Nostalgia」 등이다.

서풍에
　알프스의 둥지에서 날아오른 젊은 독수리 무리처럼.

　날아오르라, 그리고 근심 가득한 마음으로 그 속삭임을 심문하라
　알프스산맥 줄리에 쪽 저 아래, 알프스산맥 라이티아 쪽 저 아래

　푸른 소유지에서 강이 바람에게 보내는,
　서사시의 심각한 경멸, 영웅의 노래의 잔인한 속삭임을.

　은빛 가르다 호수 위로 탄식이 흐르듯,
　아퀼레이아*의 울음이 고독을 감싸는구나.

　베체카**의 주검 소리를 들으며, 기다리노라:
　"언제일까?" 브론체티***가 절규하노라, 구름 사이 망령들 중 벌

---

* 　프리울리 베네치아 줄리아의 도시.

** 　트렌티노의 레드로Ledro 계곡에 위치. 여기서 1866년 7월 21일 오스트리아군대와의 전투에
　서 가리발디가 승리를 한 곳.

*** 트렌토Trento 출신의 나르치소 브론체티Narciso Bronzetti, 가리발디 부대에서 보병 제1연대 연대
　장으로 전쟁에서 부상을 입고 전사.

떡 일어서서.

"언제일까?" 노인들이 쓸쓸하게 혼자서 반복하노라,
  어느 날엔가 검은 머리를 하고 트렌토, 그대에게 작별의 인사를
했었노라고.

"언제일까?" 젊은이들이 동요하노라 어제까지만 해도
  산 주스토*에서 푸른 아드리아**가 웃는 것을 보았었노라.

아 트리에스테***의 아름다운 해안으로, 언덕으로, 정신에게로
새해와 더불어 날아가라, 이탈리아의 옛 시구들이여.

---

*   트리에스테를 가리킴.
**   아드리아해를 가리킴.
*** 아드리아해海 북부, 슬로베니아와의 국경지대에 있는 항구도시이다. 중부유럽을 배후지로 가
     진 중요한 상업항이며 조선업·석유공업을 비롯한 공업도시이기도 하다. 로마인시이 식민도시
     로 세운 것이 그 기원이며, 1295년 자유도시가 되었고 1382년 이후 오스트리아의 지배하에
     들어갔다. 1719년 자유항이 된 뒤 19세기에는 오스트리아 유일의 해항海港으로 발전하였으
     며, 제1차 세계대전 결과 1919년 이탈리아에 병합되었다.

산 페트로니오*가 붉게 물들이는 태양의 광선 안에서
로마의 폐허 너머 산 주스토로 날아가라!

주스티노폴리만 안에서 인사하라,
이스트리아**의 보석, 그리고 푸른 항구를, 그리고 무쟈***의 사
자를.

아드리아의 신성한 미소에 인사하라
폴라****가 로마와 시이저에게서 감히 넘봤던 사원들에 이르기까지!

이윽고 묘지 옆에서, 아직도 두 민족 사이에서
빈켈만*****이 바라보고 있는 곳, 그 예술과 그 영광의 전령이여,

우리의 흙 위에 야영하며 무장을 한, 이국인*의
얼굴을 보며, 노래하라: 이탈리아, 이탈리아, 이탈리아라고!**

Molosso ringhia, o antichi versi italici,
ch'io co 'l batter del dito seguo o richiamo i numeri

vostri dispersi, come api che al rauco
suon del percosso ramo ronzando si raccolgono.

Ma voi volate dal mio cuor, com'aquile
giovinette dal mio nido alpestre a i primi zefiri.

Voltae, e ansiosi interrogate il murmure

---

che giú per l'alpi giulie, che giú per l'alpi retiche

da i verdi fondi i fiumi a i venti mandano,
gravi d'epici sdegni, fiero di canti eroici.

Passa come un sospir su 'l Garda argenteo,
è pianto d'Aquileia su per le solitudini.

Odono i morti di Bezzecca, e attendono:
"Quando?" grida Bronzetti, fantasmi erto fra i nuvoli.

"Quando?" i vecchi fra sé mesti ripetono,
che un dí con nere chiome l'addio, Trento, ti dissero.

"Quando?" fremono i giovani che videro
pur ieri da San Giusto ridere glauco l'Adria.

Oh al bel mar di Trieste, a i poggi, a gli animi
volate di San Giusto sovra i romani ruderi!

Salutate il divin riso de l'Adria
fin dove Pola i templi ostenta a Roma e a Cesare!

Poi presso l'urna, ove ancor tra' due popoli
Winckelmann guarda, araldo de l'arti e de la gloria,

in faccia a lo stranier, che armato accamparsi
su 'l nostro suol, cantate: Italia, Italia, Italia!

작품 해설

조수에 카르둣치는 청년 시절을 통해 이탈리아 통일운동리소르지멘토을 체험한 시인이다. 리소르지멘토 운동이 시작되던 1849년 이후 여전히 이탈리아반도에서는 낭만주의적이고 자유주의적인 흐름이 두드러졌다. 낭만주의에서 비롯된 민족의 독립과 자유에 대한 새로운 사상은 국민적인 가치 의식을 고취시켰고, 압박받는 민중들의 잠자는 의식을 일깨웠다. 낭만주의자들은 예술가, 학자, 정치인, 평민 할 것 없이 리소르지멘토 운동에 가담했던 것이다. 그리하여 애국주의자가 아닌 낭만주의자는 아무도 없었다. 마침내 1870년 로마 합병에 의해 이탈리아 통일이 완성됨에 따라, 역사의 새로운 장이 열렸고, 교회 역시 반동적인 고집을 포기하고 최대한의 융통성을 보이기까지 하였다. 그렇지만 여전히 교회 측은 온건하나마 전통적 입장을 버리지 못하고 있어서 비교권적인 입장과 마찰을 빚게 되었다. 통일운동에 가담했던 온건파들은 점점 궁지에 몰리기 시작했고, 갈수록 씁쓸한 퇴보 쪽으로 밀려가게 되었으며 급기야는 불만만을 나타내고 있었다. 실제로, 교회의 관료주의적 태도는 전과 다름없이 그대로 남아있었던 것이고, 이탈리아 통일운동 세대의 적극적인 국가 통일원칙들은 답답한 정치 상황 안에서 빛을 잃어가고 있었다. 이러한 정치적 현실에 대한 불만이 고조됨에 따라, 당대의 모든 문화적 흐름은 통일국가를 염원하던 현실 지향적인 것에서 과거 지향적인 것으로 두드러지게 되었다. 이 중에서 가장 현저하게 드러났던 문화 현상은 카르둣치에 의해서 형성되었다. 카르둣치의 영향은 1870년 이후의 이탈리아 시 세계에서 가장 현저하고 가장 두드러진 것이었다. 1878년 7월 카르둣치는 보다 더 완벽한 조국 통일의 염원을 담은 시 「이탈리아의 인사」를 창작하였다. 카르둣치가 이 시를 창작하던 당시 오스트리아 지배하에 있던 트렌티노에서 베네치아 줄리아에 이르는 영토가 이탈리아가 열망하던 대로 이탈리아의 땅으로 복속되기만을 간구하는 내용이다. 이탈리아의 영토라는 사실이 역사적인 내력으로 오래전부터 알려져 있음을 강조하고 격정적인 어조로 이탈리아의 것임을 노래하고 있다.

소**ll bove**

조수에 카르둣치

오, 경건한 소여, 난 당신을 사랑합니다. 당신은 내 마음속 깊이
원기와 평화를 따사로이 느끼게 해준답니다.
오, 기념비처럼 숭고한 모습으로
당신은, 드넓은 옥토에 눈길을 보낸답니다.

아, 멍에를 메고 머리를 숙인 채
인간의 야박한 행위에도 당신은 묵묵히 따르고 있군요.
당신을 야단치고 때리는 인간을, 당신은 유순하고
참을성 많은 느린 눈길을 돌리며 따르고 있군요.

거무스름 축축한 넓은 코를 들며
당신은 생명의 기운을 내뿜고, 마치 환희의 찬가라도 된 듯
울음소리는 맑은 하늘로 사라져 간답니다.

파르스름 빛나는 근엄한 눈망울엔
잔잔한 초록빛 성스런 고요가
드넓게 말없이 비쳐올 뿐입니다.*

---

* 김효신, 「카르둣치 시세계의 고전주의적 낭만주의」, 한국외국어대학교 석사논문, 1987,
   58~59쪽. 이하 '김효신(1987: 쪽수)'.

T'amo, o pio bove; e mite un sentimento
di vigore e di pace al cor m'infondi,
o che solenne come un monumento
tu guardi i campi liberi e fecondi,

o che al giogo inchinandoti contento
l'agil opra de l'uom grave secondi:
ci t'esorta e ti punge, e tu co'l lento
giro de' pazïenti occhi rispondi.

Da la larga narice umida e nera
fuma il tuo spirto, e come un inno lieto
il mugghio nel sereno aër si perde;

e del grave occhio glauco entro l'austera
dolcezza si rispecchia ampio e quïeto
il divino del pian silenzio verde.

작품 해설

　시「소」의 창작연대는 1872년 11월 23일이다. 카르
듯치가 표현한 자연은 자연 그 자체로 인공적인 때가 전
혀 묻지 않은 것으로 평가된다. 소의 기념비적인 모습과
그 주위에 펼쳐지는 확 트인 공간은 이 시작품의 이미지를 부각시키고 있다.
그러면서 소와 전원 사이의 교감을 드러낸다. 첫째 연에서 소는 들판을 바라
다보고 있으며, 마지막 연에서는 소의 눈에 전원의 모습이 비치고 있다. 소는
전원의 부동성을 전원은 소의 내적인 삶을 드러내고 있다. 시「소」는 소네트
형식에 고전주의적 절도 있는 운율이 소의 움직임 마냥 느리고 묵직한 운율
로 되살아온다. 그리고 이 작품 속의 소의 이미지는 전원시에 대한 향수와
어린 시절, 사춘기 시절의 전원생활에 대한 추억이 함께 어우러진 존재이다.
향수 그리고 추억으로만 남아있는 평화로운 삶 안에 있는 소의 이미지는 경
건하면서도 굳건한 마음을 심어준다. 다소 무절제하게 형용사를 많이 사용했
다는 비평적 지적을 감내하는 작품이지만, 전원을 노래한 소박한 시작품으로
손색이 없다.

산 마르티노_{San Martino}

조수에 카르둣치

저 수풀 우거진 언덕
안개는 보슬비처럼 촉촉이 피어오른다.
북서쪽에서 몰아치는 바람을 맞으며
바다는 하얗게 절규한다.

마을의 거리마다
거듭거듭 괴는 독에서
새 나오는 시큼한 포도주 향기,
주민들을 흥취에 젖게 한다.

이글거리는 장작불 위로 피직 피지직 소리 내며,
고기 굽는 쇠꼬챙이 돌아가고 있다.
문지방에 서 있는 사냥꾼
휘파람 불며 눈길을 보내는데

붉게 물든 구름 사이로
새들이 무리 지어 검게 아른거리며,

방랑자의 상념처럼,

황혼 속으로 날아가고 있구나.*

La nebbia a gl'irti colli

pio vigginando sale,

e sotto il maestrale

urla e biancheggia il mar;

ma per le vie del borgo

dal ribollir de' tini

va l'aspro odor de i vini

l'anime a rallegrar.

Gira su' ceppi accesi

lo spiedo scoppiettando;

---

* 김효신(1987: 62~63) 일부 수정.

sta il cacciator fischiando

su l'uscio a rimirar

tra le rossastre nubi

stormi d'uccelli neri,

com'esuli pensieri,

nel vespero migrar.

작품 해설

카르둣치의 시 「산 마르티노」의 창작연대는 1883년 12월이다. 이 시는 삶과 자연의 테마가 아름답고 완벽하게 구현된 한 폭의 그림 같은 작품이다. 늦가을의 마렘마 Maremma의 풍경을 묘사하고 있는 이 시작품은 카르둣치의 서정성을 완벽하게 드러낸 시들 중의 하나이다. 카르둣치는 이 시에서 전원 풍경에 대한 서정적 표현을 완벽하게 구체화시키고 있다. 시인은 일련의 이미지들 안에서 거의 암시적으로 표현된 시재들을 극단적으로 단순화시키고 있다. 그리하여 친근감을 주는 분위기와 함께 아주 포근한 휴식의 기쁨을 주는 풍경을 시작품 속에 정착시키고 있다. 게다가 전원의 냄새를 물씬 풍기고 계절적인 색채를 그대로 드러내면서도, 인생에 대한 폭넓고 정확한 투시력을 발휘하고 있다. 「산 마르티노」는 "아주 생동감이 넘치는 그러면서도 우아한 환상을 노래하고 있는 작품"임을 이탈리아 비평가는 평가한 바 있다. 사실상, 향수 어린 추억 즉, 방랑자의 상념을 언급한 것은 삶을 비참하게 하는 내면적인 슬픔을 다시금 상기시키는 것이다. 생동감이 넘치고 단순하면서도 자연스러운 표현, 그리고 내면적인 어조로 묘사된 시상들은 후대의 시인들, 특히 파스콜리와 데카덴티즈모(퇴폐주의)에 속하는 데카덴티스트 시인들의 인상주의적 핵심을 예고하고 있음에 주목할 수 있다.

해묵은 슬픔Pianto Antico

조수에 카르둣치

너의 조그만 손으로
어루만지던 나무,
초록빛 석류나무에는
주홍빛 꽃들이 곱게 피어 있고,

말없이 외로움에 잠긴 뜰을
이제 막 온통 푸르게 수놓았구나.
그리고 6월은 찬연한 빛과
뜨거운 열기로 소생을 재촉한다.

세파에 시달려 매마른
내 나무의 꽃,
이 부질 없는 인생의
오로지 하나뿐이던 꽃,

차가운 땅속에 있다니,
어두운 땅속에 있다니,

이젠 태양도 너에게 기쁨을 주지 못하고
사랑도 너를 다시 깨우지 못하는구나.*

L'albero a cui tendevi
la pargoletta mano,
il verde melograno
da' bei vemigli fior,

nel muto orto solingo
rinverdì tutto or ora
e giugno lo ristora
di luce e di calor.

Tu fior de la mia pianta
percossa e inaridita,

---

* 김효신(1987: 72~74).

tu de l'inutil vita
estremo unico fior,

sei ne la terra fredda,
sei ne la terra negra;
né il sol piú ti rallegra
né ti risveglia amor.

작품 해설

카르둣치의 시 「해묵은 슬픔」의 창작연대는 1871년 6월이다. 이 작품은 1년 전, 1870년 11월 9일에 죽은 아들 단테를 생각하며, 창작한 시이다. 죽어서 다시는 빛의 길을 찾지 못하는 인간과는 대조적으로 다시 새로이 태어날 수 있는, 겨우내 죽은 듯했던 자연의 모습을 생각하면서, 시인은 어느 사이 지나버린 일이 된 슬픔을 인정하고 만다. 1870년 12월 23일에 쓴 편지에서 죽은 아들 생각만 하면 아직도 그 슬픔을 감추지 못하고 있음을 술회하고 있다. 시 「해묵은 슬픔」에서도 죽음의 모티브는 꽃 만발한 석류나무로 아름답게 채색된, 따뜻한 현 세계의 땅, 그리고 죽은 이들과 함께 어린 아들마저 누워 있는 저세상의 차갑고, 어두운 땅 사이에 존재하는 대조적인 의미 안에서 부각되고 있다. 이리하여 카르둣치 시 세계의 죽음의 모티브는 개인적인 성격을 상실하며, 이윽고 "상징적이고 보편적인 가치"를 얻게 된다. 시 「해묵은 슬픔」에서는 문체상의 엄격함이 인간적인 열정과 조화를 이루고 있다.

눈은 내리고_{Nevicata}

조수에 카르듯치

잿빛 흐린 하늘에 눈이 흩날린다. 천천히,
뭇 생명의 외치는 소리 소리는 도시 안에 잠들고,

행상 아낙의 절규도 마차 달리는 소리도
기쁨에 젖은 사랑과 젊음의 노래도 없어라.

광장의 시계탑에서 시간이 허공으로 목메어 신음하니,
마치도 시공을 초월한 어느 세상의 한숨 같아라.

길 잃은 새들은 뿌연 유리창을 두드린다. 먼저 간
친구들의 영혼이 돌아온 것이다. 이윽고, 나를 바라보며 부르는
듯하구나.

아, 여보게들, 곧 따라가겠네 ─ 살고자 발버둥치는 마음일랑
진정시키고 ─
이제 곧, 저기 정막 속으로 내려가, 그 어둠 안에서 쉬고자 한다네.*

---

*   김효신(1987: 80~81).

Lenta fiocca la neve pe'l cielo cinerëo: gridi,
suoni di vita piú non salgon da la città,

non d'erbaiola il grido o corrente rumore di carro,
non d'amor la canzon ilare e di gioventú.

Da la torre di piazza roche per l'aëre le ore
gemon, come sospir d'un mondo lungi dal dí.

Picchiano uccelli raminghi a' vetri appannati: gli amici
spiriti reduci son, guardano e chiamano a me.

In breve, o cari, in breve — tu càlmati, indomito cuore —
giú al silenzio verrò, ne l'ombra riposerò.

작품 해설

시 「눈은 내리고」는 1881년 1월 29일에서 3월 24일에 걸쳐 창작된 작품이다. 시인 카르둣치가 사랑하던 여인 리나Lina(Lidia)의 죽음에 대한 슬픔에 젖어서 죽음과 우울의 테마를 완벽하게 나타냈던 시이다. 시 「눈은 내리고」는 고요한 회색빛 겨울 풍경을 묘사하는 것으로 시작되는 비가이다. 소리 없이 눈이 내리고, 도시는 쥐 죽은 듯 고요해진다. 시인은 결코 드러내놓고 슬퍼하지는 않는다. 오히려 보들레르적인 취향으로 죽음의 메시지를 상징적으로 전달해주는, 길 잃은 새들의 암시적인 이미지 안에서 카르둣치는 절정에 이르는 긴장감을 보여주고 있고, 현실적인 절망감과 슬픔을 불러일으키고 있다. 시인에게는 죽음이 공포의 의미도, 절망적 충격도 아니며, 오히려 체념하며 받아들여야 할 슬픔인 것이다. 그리하여 시인은 "살고자 발버둥치는 마음일랑 진정시키고" 자신을 부르는 내면의 소리에 귀 기울이려고 스스로 고립된다. 짧은 5연시인 이 비가는 카르둣치 자신의 시적 서정성을 최고로 드러낸 작품으로 평가받고 있다.

토스카나의 마렘마를 지나며

Traversando la Maremma Toscana

조수에 카르둣치

아름다운 마렘마, 난 그대에게서 거만한 듯 고귀한
시 세계와 고고한 시를 얻었단다.
사랑과 미움이 결코 잠 들지 않는 가슴으로
이내, 그댈 다시 대하니, 내 마음 불연듯 뛰는구나.

웃음과 울음 사이를 방황하는 눈으로
네 안에서 다시금 낯익은 모습들을 발견하고
그들 속에서, 젊은 시절의 환상
그 뒤안길을 방황하던 내 꿈의 자취를 좇는다.

아, 허사로 끝나버린 내 꿈과 사랑,
한사코 달음질쳤지만 끝내 이르진 못했단다.
허나, 내일이면 사라져 버릴 나, 아스라이 저 멀리서

그대의 언덕들은 평화롭게 내 가슴에 이어지고,
아련한 안개와 푸른 들녘,
아침에 내리는 빗줄기 속에 웃음 짓고 있단다.*

---

* 김효신(1987: 103) 일부 수정.

Dolce paese, onde portai conforme
l'abito fiero e lo sdegnoso canto
e il petto ov'odio e amor mai non s'addorme,
pur ti riveggo, e il cuor mi balza in tanto.

Ben riconosco in te le usate forme
con gli occhi incerti tra'l sorriso e il pianto,
e in quelle seguo de' miel sogni l'orme
erranti dietro il giovenile incanto.

Oh, quel che amai, quel che sognai, fu in vano;
e sempre corsi, e mai non giunsi il fine;
e dimani cadrò. Ma di lontano

pace dicono al cuor le tue colline
con le nebbie sfumanti e il verde piano
ridente ne le pioggie mattutine.

작품 해설

소네트 「토스카나의 마렘마를 지나며」의 창작연대는 1885년 4월 21일이다. 마렘마는 카르둣치가 어린 시절을 보낸 곳이다. 카르둣치는 피곤하고 불신감을 느끼는 순간이면 언제나 안전한 피난처인 양, 이 마렘마의 경치로 돌아가는 것이다. 마렘마를 "자유롭고 원시적인 상실된 낙원"으로 간주하고 있다. 반면에 시인 카르둣치의 출생지인 베르실리아Versilia에 대한 그리움은 마렘마에 비해 퍽 미약하다. 그것은 아마도 시인 자신이 너무 어린 세 살 적에 떠나야 했기 때문인 것 같다.

기차의 창문을 통해 자신의 어린 시절의 추억이 담긴 마을을 다시 대하면서, 시인은 깊은 감흥에 젖는다. 그리고 마렘마의 친숙한 풍경이 시인의 마음을 평화롭게 한다. 그러면서도, 과거의 행복과 즐거움에 상반되는 현재의 황량함과 쓸쓸함이 시인의 마음을 실망에 빠지게 한다. 이 짧은 서정시는 시인이 이야기를 늘어놓고, 마렘마의 자연이 그 이야기에 응수하는 대화 형식으로 전개된다. 아침에 내리는 빗속에서 웃음 짓는 "아련한 안개와 푸른 들녘"의 효과는 이 소네트에 흐르는 서로 상반된 분위기들을 집중시키고 있다. 결국, 다시 돌이킬 수 없는 과거에 대한 낭만주의적 고뇌는 언제나 실망을 안겨주지 않는 자연, 영원한 삶의 상징인 자연의 순수하고 때 묻지 않은 완벽한 아름다움과 또다시 혼연일체가 되면서 위안을 얻는 것이다.

그리움 Nostalgia

조수에 카르둣치

보라, 저 구름 사이로
암울하고 습한 담청 빛이 드러난다.
폭풍은 투덜대며 아펜니노산맥을 오른다.
아아! 다정한 돌풍이여,
높새바람 자락을 타고
토스카나 아름다운 내 고향으로
날 보내주기만을 바랄 뿐이라오!

그리운 친지들의 마음과 얼굴
더 이상 날 기다려주지 않는 곳;
웃음꽃 피어나던 그 옛날에, 날 반겨주던 이
이제 노년에 이르렀나, 묻혀 버렸나.
포도나무에 대한 그리움도 올리브 나무에 대한 그리움도
더 이상 날 부르지 않으니
무수히 뻗어 자라 마냥 즐거운
축복받은 덩굴들로부터 차라리 달아나고 싶구나.

내 도시 생활의 허영을 한결같이 읊조리던 노래도,

나 이제 버리고 싶구나.
대리석 발코니 위, 그 옛날
피어나던 잡담들이여!
숲이 별로 그늘을 이루지 않는 곳
코르크 조각들 어지럽게
널려 있는 들판을
말들이 방황하며 헤매고 있다네.

내 봄이 슬프게 피어났던
저 마렘마,
거기서 나의 상념은 천둥과
폭풍에 휘말려 다시금 날고 있다.
저 먹구름 낀 하늘로 이제 자유로이
나의 고향을 돌이켜 봤으면,
그리고 천둥소리와 함께, 나 이제
그 언덕들과 그 바다 속으로 잠겨 봤으면.*

_____

* 김효신(1987: 107~110) 일부 수정.

Tra le nubi ecco il turchino
cupo ed umido prevale:
sale verso l'Apennino
brontolando il temporale.
Oh se il turbine cortese
sovra l'ala aquilonar
mi volesse al bel paese
di Toscana trasportar!

Non d'amici o di parenti
là m'invita il cuore e il volto:
chi m'arrise ai dí ridenti
ora è savio od è sepolto.
Né di viti né d'ulivi
bei desio mi chiama là:
fuggirei da' lieti clivi
benedetti d'ubertà.

De le mie cittadi i vanti
e le solite canzoni
fuggirei: vecchie ciancianti
a marmorei balconi!
Dove raro ombreggia il bosco
le maligne crete e al pian
di rei sugheri irto e fosco
i cavalli errando van,

là in maremma ove fiorio
la mia triste primavera,
là rivola il pensier mio
con i tuoni e la bufera:
là nel ciel nero librarmi
la mia patria a riguardar,
poi co'l tuon vo' sprofondarmi
tra quei colli ed in quel mar.

작품 해설

　　카르둣치의 시 「그리움」의 창작연대는 1871년 4월이다. 마렘마의 풍경은 시인 카르둣치의 현실 생활에 반대되는 살아보지 않은 삶을 형성하고 있다. 정반대되는 것이기에 그토록 그리움에 빠져드는 것이다. 볼로냐Bologna에 있는 시인의 상념은 아펜니노산맥을 오르는 폭풍에 밀려, 토스카나의 마렘마로 날아간다. 이 마렘마에서, 시인은 스스로 "슬픈 봄"이라고 표현했던 자신의 젊은 시절을 보냈다. 그러나 이제는 그러한 부정적인 기억들보다는 긍정적인 기억들, 다시 말해서 자유롭고 순수한 어린 시절이 우세하다. 도시의 구태의연하고 쓸모없는 허영을 그리고 문학적인 왜곡된 순간들을 암시하는 시구들 안에서 비통함과 후회가 엿보이기는 하지만, "자신의 어린 시절의 그 신화적 땅에 대한 애착"이 강하게 드러나고 있다. 시인은 상상으로라도 자신의 꿈의 세계인 토스카나의 마렘마로 돌아가고자 열망한다. 시 「그리움」에는 카르둣치 특유의 낭만주의적 어조가 두드러진다. 그리고 어린 시절의 낭만적인 신화가 지향하는 고향, 즉 동경의 세계를 향한 도피의 두 가지 모습이 이 시 안에서 보인다. 그 하나는 첫째 연의 향수에 찬 도피이고, 또 다른 하나는 마지막 연의 절망적인 도피이다. 이러한 도피의 묘사는 시인의 마음 안에서 애정 어린 열정과 괴로운 단념이라는 그리움과 절망의 감정들이 끊임없이 엇갈리고 있음을 단적으로 나타내는 것이다.

성묘 Il Santuario

조반니 파스콜리*

바다 저편 향기의 보석 상자처럼,

성묘여, 절벽 한가운데서,

기다란 소나무 기둥들 사이로

아직도 찬가와 기도를 올리네.

아름다운 저녁 성묘를 진동시켰던

그 성스러운 박동 소리에 아직 떨며,

장중하고 엄숙한 제단에서

하늘빛 쪽 구름 모양 그 향이 나오네.

빛나는 아치형으로 몸을 굽힌

성묘 위 저 하늘. 저 높은 언덕에

---

* 카르둣치의 수제자인 조반니 파스콜리Giovanni Pascoli는 '전원의 시인' 또는 '작은 사물의 시인', 이탈리아 현대시의 출발신호를 한 시인으로 평가된다. 파스콜리는 카르둣치와 같은 예술적, 학문적 투쟁이나 위대한 이상, 사상의 추종을 거부하면서 자기 자신 안에 몰입하여 평화와 안정을 얻고자 했다. 파스콜리는 '동심童心' 시론으로 시 세계를 펼쳤는데 그의 대표적인 시집 『미리케Myricae』에서 가족의 죽음과 전원풍경 그리고 조그만 존재들에 대하여 노래하고 있다. 시집 제목 '미리케'는 베르길리우스의 시구에서 따온 것으로 소박한 시골의 모습을 의미한다. 이 시집에 실린 가장 대표적인 시들로는 「바다Mare」, 「개Il cane」, 「10월의 저녁Sera d'ottobre」, 「마지막 노래Ultimo canto」, 「인어La Sirena」, 「부엉이L'Assiuolo」, 「고아Orfano」 등이 있다.

별 마차는 멈추어 하늘로 오르는 그 망령을 엿본다.

신성한 침묵 속 진지하게 싹 튼
폭포 소리 그 망령과 같이 오르네,
영원히 한결같은 탄식과 함께.*

Come un'arca d'aromi oltremarini,
il santuario, a mezzo la scogliera,
esala ancora l'inno e la preghiera
tra i lunghi intercolunnii de'pini;

e trema ancor de' palpiti divini
che l'hanno scosso nella dolce sera,
quando dalla grand'abside severa
uscia l'incenso in flocchi cilestrini.

---

* 김효신, 「Giovanni Pascoli 시 소고: 시집 『Myricae』를 중심으로」, 『어문학연구』 제3집, 효성여자대학교 어문학연구소, 1990, 293쪽. 이하 '김효신(1990: 쪽수)'.

S'incurva in una luminosa arcata
il ciel sovr'esso: alle colline estreme
il Carro è fermo e spia l'ombra che sale.

Sale con l'ombra il suon d'una cascata
che grave nel silenzio sacro geme
con un sospiro eternamente uguale.

작품 해설

　조반니 파스콜리의 소네트 「성묘」는 1890년 7월 문학지 『새로운 삶Vita Nova』에 발표되었다가 시집 『미리케 Myricae』 제2판에 실렸다. 「성묘」는 기도와 찬가 조의 메아리가 울려 퍼지는 듯한 분위기를 드러내는 작품이다. 또한 합창 기도 속의 화음이 들려오는 듯한 성스러운 느낌마저 다가온다. 시의 제목이 성묘, 성스러운 묘역이니만큼 더욱더 성스러운 분위기가 감도는 것이 이상하지 않다. 파스콜리의 신비주의를 언급할 만큼 무시할 수 없는 신비주의적 열망이 작품에 퍼져있다. 이러한 신비주의적 열망은 바다의 요란한 소리와 함께 다시 솟아 올라온다. 바로 이 바닷소리 안에 신비한 하느님 목소리의 메아리가 퍼지고, 이 우주 안에 살아있는 영원한 리듬이 존재하는 것이다. 요컨대, 시 「성묘」는 자연으로 둘러싸인 인간이 만들어 놓은 장소, 성스러운 묘역이 바다의 화음과 찬가 속에서 영적인 하느님의 존재와 연결되는 신비주의적 도취를 노래한 시라고 볼 수 있다. 시인 파스콜리는 성묘에서 출발하여 영원한 공간, 영원한 망령들의 세계에까지 다다르는 인간의 탄식을 노래한다.

바다 Mare

조반니 파스콜리

창문에 얼굴 대어, 바다를 보노라.
별들은 떠나가고, 파도는 요동치는구나.
보이는 건 떠나는 별들, 지나가는 파도뿐.
섬광이 불러, 이내 응답하는 고동 소리.

물이 한숨짓고, 바람 불어오니
바다 위로 아름다운 은빛 다리 제 모습을 보이네.

잔잔한 호수 위로 드리워진 다리여,
누굴 위해 만들어져, 어디에 다다르나요?*

---

* 김효신(1990: 295).

M'affaccio alla finestra, e vedo il mare:
vanno le stelle, tremolano l'onde.
Vedo stelle passare, onde passare:
un giuzzo chiama, un palpito risponde.

Ecco sospira l'acqua, alita il vento:
sul mare è apparso un bel ponte d'argento.

Ponte gettato sui laghi sereni,
per chi dunque sei fatto e dove meni?

작품 해설

　　파스콜리의 시 「바다」의 창작연대는 1882년이나, 1891년 초판 시집 『미리케Myricae』에 처음 발표되었다. 별과 파도가 지나가고, 섬광과 심장 고동 소리, 그리고 물의 한숨과 바람 부는 소리, 이 모두는 반드시 생겨나야 할 어떤 것, 다시 말해서 앞서 나열한 것들이 비밀스러운 언어로써 알리고자 하는 그 어떤 것을 약간은 애매하면서도 그러나 역설적이게도 확실하게 불러들이는 시어들이다. 마침내 "바다 위로 아름다운 은빛 다리"라는 그 반드시 생겨나야 할 어떤 것이 제 모습을 보인다. 이것은 기다란 빛의 흔적을 바다 위에 드리우면서 떠오른 달이다. 그러나 그것을 번역하면서 달이라고 분명한 시어를 쓸 것이 아니라, 불분명한 시적 이미지 그대로 놔두는 것이 파스콜리의 시 모습답다. 하늘에 있는 달이 아니라 바닷물 위로 비치는 달이 드리우는 그 빛의 여운을 파스콜리는 즐기고 있다. 바다 위에 달이 떠서 물 위에 제 모습을 비추는 것은 동양이나 서양이나 아름다운 시적 모티브가 된다.

개ㅣㅣ cane

조반니 파스콜리

세상 길 걸어가는 우리,

가기 위해, 천천히 가기 위해,

자신을 갉아 먹고, 마음에 두 배로 내려앉는 고통이라.

오두막집 앞, 무거운 짐마차 지날 때

거친 노르만인, 소리 나는 나막신 신고

흙을 밟고 가니,

개는 가시덤불에서 바람처럼 헤쳐 나와,

마차를 앞서거니 뒤서거니 달리고, 컹컹거리며, 짖어대네.

마차는 차츰차츰 멀어져만 가고 있구나.

개는 실망하여 뜰로 되돌아오고 만다네.*

---

* 김효신(1990: 296) 일부 수정.

Noi mentre il mondo va per la sua strada,
noi ci rodiamo, e in cuor doppio è l'affanno,
e perchè vada, e perchè lento vada.

Tal, quando passa il grave carro avanti
del casolare, che il rozzon normanno
stampa il suolo con zoccoli sonanti,

sbuca il can dalla fratta, come il vento;
lo precorre, rincorre; uggiola, abbaia.
Il carro è dilungato lento lento.
Il cane torna sternutando all'aia.

작품 해설

파스콜리의 시 「개」는 발표 당시 무제였다가 뒤에 제목이 붙은 작품이다. 이 작품은 1890년 8월 문학지 『새로운 삶Vita Nova』에 발표되었던 초기 작품 중 하나이다. 이 시에서 가장 흥미로운 부분이라고 하면 네 번째 행에서 마지막 행에 이르는 부분이다. 여기에 나타내는 개의 이미지를 살펴보자. 가시덤불에서 갑자기 뛰쳐나와 짖어대면서 지나가는 마차 주변을 돌고, 상당한 간격을 두며 그 마차를 쫓아가나 마차는 개의 커다란 관심에 무관심한 채로 멀어져가고, 그 냉담한 태도에 개는 크게 실망하여 자신의 뜰로 되돌아오는 모습이다. 반면 첫 세 행의 시구들은 이 시의 이미지를 망치고 있다고 이야기할 수 있다. 이 첫 연의 격언 같은 시 운율 안에서 상징의 내용이 단도직입적으로 표현되어 있어서 시 「개」의 전체적 그림을 너무도 명확하게 해주고 있다. 마차는 지나가는 시간이다. 느리지만 가차 없는 그 시간의 흐름 속에서 우리와 우리의 모든 사건과 일들만이 남겨진다는 것이다. 인간사가 헛되고 모순됨을 마차를 향해 보여주는 개의 행동을 통해서 잘 나타내주고 있다.

10월의 저녁Sera d'Ottobre

조반니 파스콜리

울타리 너머 기나긴 길을 따라 그대 보네
붉은 열매 다발 다발로 웃고 있는 모습.
일군 밭에서 마구간으로 늦게
　　　　돌아오는 암소들.

사각사각 나뭇잎 사이, 느린 걸음 끌며 걷는
불쌍한 이, 길을 따라 다가오네.
저 들녘 한 소녀 바람에 부르짖는 소리.
　　　　가시 침의 꽃이여!...*

---

* 　김효신(1990: 297~298).

Lungo la strada vedi su la siepe

ridere a mazzi le vermiglie bacche:

nei campi arati tornano al presepe

tarde le vacche.

Vien per la strada un povero che il lento

passo tra foglie stridule trascina:

nei campi intuona una fanciulla al vento:

Fiore di spina!...

작품 해설

　파스콜리의 시 「10월의 저녁」은 1891년 2월 문학지 『새로운 삶Vita Nova』에 발표되었고, 같은 해 초판 시집 『미리케Myricae』에 포함되어 발간되었다. 이 시의 제목인 "10월의 저녁"에서 10월을 추정할 수 있게 하는 것은 가을의 어느 저녁일 것이라는 내용이 전부이다. 가을 저녁, 자연은 겨울밤의 잠을 향해 나아간다. 충만한 삶의 형태들은 천천히, 그러나 참혹하게 온통 다 사라져 버린다. 그리고 불쌍한 사람은 어린 소녀이다. 그 어린 소녀의 외침은, 가시 침의 특이성을 통해, 사랑의 종말을 암시하는 듯하다. 시 「10월의 저녁」은 어떠한 지적 횡포도 없이 시적 순수성을 유지하며 시적 이미지들을 살아있게 한다. 전체적으로 인상주의적 이미지들이 서로 긴밀하게 연결되어 있다. 가을 저녁의 풍경 속의 전원적 요소들은 최소화되고 반면에 인간적 요소들, 인간의 삶에 관련된 것이 더 풍요롭게 드러난다. 암소들과 경작된 밭들은 인간의 삶과 관련된 것이다.

소나기가 그친 뒤 Dopo l'Acquazzone

조반니 파스콜리

검은 비구름 마찰음 내며 지나간 뒤
이제 교회 종소리 울리네. 지붕은 빨갛게,
빛을 내고 있고, 어느 상큼한 황양나무 향기
　　　　무덤에서, 날라 오네.

교회 옆에 서니, 그 목소리는
노래로, 긴 파장 일으키며, 울려 퍼지네.
한 무린 뛰어놀다, 커다란 십자가 아래에
　　　　제자리로 돌아오네.

빗방울 베일이 지평선을 가리지만,
무덤은, 맑은 하늘 아래,
온화한 향기 뿜네. 산에서 산으로 가는
　　　　무지개.*

---

* 　김효신(1990: 299) 일부 수정.

Passò strosciando e sibilando il nero
nembo: or la chiesa squilla; il tetto, rosso,
luccica; un fresco odor dal cimitero
       viene, di bosso.

Presso la chiesa; mentre la sua voce
tintinna, canta, a onde lunghe romba;
ruzza uno stuolo, ed alla grande croce
       tornano a bomba.

Un vel di pioggia vela l'orizzonte;
ma il cimitero, sotto il ciel sereno,
placido olezza: va da monte a monte
       l'arcobaleno.

작품 해설

　시 「10월의 저녁」과 같은 시기, 즉 1891년 2월에 문학지 『새로운 삶Vita Nova』에 발표 소개된 시 「소나기가 그친 뒤」를 대하면 자코모 레오파르디의 시 「폭풍 그 이후의 평온Quiete dopo la tempesta」에 나오는 시구들과 테마가 떠오른다. 파스콜리 자신의 시 세계로 새롭게 옮겨진 시 「소나기가 그친 뒤」는 전체적으로 볼 때 어린 시절의 회상을 다루고 있다. 시 「소나기가 그친 뒤」는 시인 자신이 다른 아이들과 십자가 밑에서 놀던 시절을 노래하고, 소나기, 폭풍우로 야기된 두려움에 찬 근심 걱정이 사라지고 평화가 오는 시적 이미지들을 보여주는 파스콜리 특유의 시 작품이다. 파스콜리의 고향 마을 산 마우로San Mauro를 배경으로 이 시 곳곳에서 정제된 파스콜리의 시적 언어들을 눈여겨 볼 수 있다. 수식어가 과하지 않고 절제된 시어들을 통해 파스콜리적인 시적 특성을 살펴볼 수 있다. 예를 들어 "지붕은 빨갛게, 빛을 내고 있고il tetto, rosso, luccica"라는 시구에서는 지붕이 빗물에 의해 씻겨져 그 빨간색이 전보다 더욱더 빨갛게 되었고, 아직도 젖어있는 지붕이 다시 빛나는 햇빛에 반짝거리고 있음을 이탈리아어 세 단어만으로도 충분히 나타내고 있다. 그리고 마지막 연에서 대조의 묘미를 얼마나 행복하고 즐겁게 녹여내는가를 확인할 수 있다. 지평선이 아직도 비의 베일에 갇혀 있는 반면에, 시인이 있는 곳에서는 묘지도 암울하고 슬픈 모습을 벗고 온화한 향기를 내뿜고 있으며, 하늘에는 마치 우리를 보호하기라도 하는 듯 무지개가 걸려 있다. 무지개는 고통에서 평화로 이어지는 전이il Transito의 상징이다.

마지막 노래Ultimo canto

조반니 파스콜리

내가 천천히 눈 돌려 머무는 곳
보리 이삭들로 금 물결치는 들녘,
황혼빛이 퇴색해가네.

탄약포들 사이로 힘없이 지나가는 바람.
참새 한 무리 떼 지어 날고.
하늘엔 창백한 보랏빛 번져가네.

옥수수 절단기 목청 돋우어 노래하고.
사랑은 노래로 또 소리로 시작되어
이내 마음에선 눈물로 끝나버리고 마네.*

---

*   김효신(1990: 301) 일부 수정.

Solo quel campo, dove io volga lento
l'occhio, biondeggia di pannocchie ancora,
e il solicello vi si trascolora.

Fragile passa fra' cartocci il vento:
uno stormo di passeri s'invola:
nel cielo è un gran pallore di viola.

Canta una sfogliatrice a piena gola:
Amor comincia con canti e con suoni
e poi finisce con lacrime al cuore.

작품 해설

파스콜리의 시 「마지막 노래」는 시 「10월의 저녁」, 시 「소나기가 그친 뒤」와 함께 시집 제2판 『미리케Myricae』 (1892)의 〈전원에서 In Campagna〉 편에 실려 있는 작품이다. 시 「마지막 노래」 역시 파스콜리의 고향, 산 마우로의 가을풍경을 노래하고 있다. 지나버린 풍요롭고 부지런한 계절에는 보리 이삭의 금물결만이 남아, 황혼빛이 거의 마지막 환상인 양 퇴색해 간다. 위대한 여름의 종말, 하루의 끝에 와 있다. 전체 시의 중심은 옥수수절단기una sfogliatrice의 마지막 노래 안에 있다. 사랑이 노랫소리와 함께 시작되고 눈물로 마음 안에서 끝나는 그곳에 표현되어 있다. 가을 전원 풍경의 황혼 즈음에 더욱 두드러지게 나타나는 고독감은 옥수수 껍질 제거기의 마지막 노래, 마지막 절규에서 우리에게 구체적으로 와 닿는다. 그리고 사료용으로 하기 위해 옥수수의 껍질을 분리, 건조해 줄기 등을 작은 조각으로 부수는 기계인 옥수수절단기와 더불어 구체화된 옥수수 줄기의 운명이 허무한 인간의 운명을 일깨우고 있다.

인어아가씨 La Sirena

조반니 파스콜리

저녁 무렵, 모래를 핥는
물의 느린 속삭임 사이로,
슬픔이 안개 낀 바다 위로
올라간다네. 그대의 노래, 아 인어아가씨여.

오를 듯, 오를 듯하다,
심한 비탄에 빠져드는 듯.
파도는 해초 사이로 탄식하여,
배의 망령을 지난다네.

배의 그림자가 사라지는
회색빛 어둠 속, 절규가 죽어간다네.
안개 속에서, 해안으로 돌아가려는
마음들을 싣고 가는 절규.

이미 어둠 속에 묻혀버린
머나먼 해안.

모든 것을 다 가져가 버린 해안,
아베마리아를 연주하는 교회들.

불쑥 회색빛 어둠 속 간신히
모습을 드러내는 집들,
그리고 아마도 만찬의 소란 사이로
연기의 그림자가 올라오는 듯하네.*

La sera, fra il sussurrio lento
dell'acqua che succhia la rena,
dal mare nebbioso un lamento
si leva: il tuo canto, o Sirena.

E sembra che salga, che salga,
poi rompa in un gemito grave.

---

* 김효신(1990: 309~310).

E l'onda sospira tra l'alga,
e passa una larva di nave:

un'ombra di nave che sfuma
nel grigio, ove muore quel grido;
che porta con sè, nella bruma,
dei cuori che tornano al lido:

al lido che fugge, che scese
già nella caligine, via:
che porta via tutto, le chiese
che suonano l'avemaria,

le case che su per la balza
nel grigio traspaiono appena,
e l'ombra del fumo che s'alza
tra forse il brusio della cena.

작품 해설

파스콜리의 시 「인어아가씨」는 시집 제3판 『미리케 Myricae』(1894)의 〈황혼Tramonti〉 편에 실려 있는 작품이다. 저녁 안개가 짙게 낀 바닷가, 늦은 시간 주위 마을 전체가 안개에 휩싸여 어두워진다. 이때 어느 노랫소리만이 탄식하듯 울려 퍼진다. 참을 수 없는 슬픔에 싸여 사라지는 것은 인어의 노래이다. 파도는 느리게 또 한숨 소리인 양 가볍게 해안을 친다. 마침내 안개 낀 바다에 배처럼 보이는 어떤 물체, 배의 망령이 지나는 느낌이 든다. 그 배는 해안으로 돌아가려는 열망으로 가득한 사람들을 싣고 간다. 그러나 이 배의 그림자는 안개 속으로 사라지고, 저 슬픈 노랫소리 역시 그 안개 속에서 사라져간다. 이윽고 해안은 모습을 감추고 안개가 모든 것을 사라지게 한다. 해안에 생명을 불어넣는 삶의 온갖 징후들이 달아나며 사라져 버린다.

시 「인어아가씨」에는 상징주의적 암시가 상당히 많다. 이 시의 핵심요소, 중심이 되는 상징은 안개 낀 바다에서 올라오는 탄식의 노래에 있으며, 시인이 그 노래와 연결 지었던 이미지, 인어 아가씨가 미지의 존재로 표현된 이미지 안에 있다. 그런데 이 상징은 사실은 아주 평범한 사건에서 시작되었다. 즉, 그 탄식의 노래란 실제로 항구에 아주 가까이 지나던 증기선에 탄 범속한, 매혹적인 여자의 노랫소리일 뿐이다. 그러나 이 평범한 사건이 시인의 환상 속에서 깊이 있는 실체적 변형을 겪었다. 평범한 노랫소리는 시인 파스콜리에게 어디서 들려오는지 모르는 한탄하는 절규로 변형되었다. 그리고 그 절규에서 터져 나오는 알 수 없는 일종의 공포감을 조성하기 위해 시인은 인어라는 신화적이고 약간은 괴물 같은 존재를 선언하듯 시를 쓴다.

휴식_{La Tregua}

가브리엘레 단눈치오*

군주여, 언제나 그대 명령에 충실한, 우린

가서 싸웠다네. 사실

팔과 손목이 무척 강했던 우리였다네.

아 관대한 군주여, 훌륭한

전사에게 월계수 그늘의 쉼터를,

맨발로 그 월계수를 느끼는 전사라네!

자신의 멋진 암갈색 말을 강물의

힘에 바치고, 동틀 무렵

켄타우로스의 기쁨을 깨닫네.

아 아 군주여, 다시금 젊어질 그 투사라네!
강변, 숲, 초원, 산, 하늘
그에게 주니, 다시금 젊어질 전사라네!

인간쓰레기 모두 얼음 같은 샘물 속에 던져
깨끗이 하고, 자축하며 청할 것이네
마지막 지평선의 그 고리 테만을.

바람과 햇살이 새 옷
짜며, 온갖 악이 거세된 육체
가벼이 민첩하게 날뛸 것이라네.

그댄 알고 있다네. 순종하고자, 아 승리자여,
그리도 오래 전쟁터에서 싸웠음을, 그것도 성실하고
끈기 있게 말일세. "무슨 소용 있을까?"라며 마음속으로 속삭인
적도 없다네.

승리에 목숨마저 내맡기고; 피곤도
슬픔도, 불확실함도 잊은 채,
그대 뜻이 오로지 방어의 갑옷이었기에.

아 아 스승이여, 그댄 알고 있다네, 그대 자신을 기쁘게 하려는
것임을.
그러나 인간쓰레기는 참을 수 없는 존재
게으른 짐승 무리처럼 비열한 존재!

그 무리 키메라*에게서
풍겨 나오는 심한 악취에
빳빳해지는 목덜미.

삶과 죽음의 단면들

---

*   Chimera: 사자의 머리에 염소 몸통에 뱀 꼬리를 단 그리스 신화 속 괴물.

헛되이 쌓여 있는 썩은 살점 위로 스쳐지나니,
어두운 운명의 수수께끼들이여.

(……)

군주여, 이제 그 전사의 신경을
늦추어 바람이 맹렬히
쏟아붓는 선율에 술 취한 정신을 내맡기게 하기를!

오로지 그대 말에 복종하였던 전사.
수선화 만발한 초원 위 영웅들 보았다네.
이제 팽나무 사이 목양 신 웃음소리 듣고,

그 여름은 발가벗은 채 하늘 한가운데서 작열하고 있구나.*

---

* 김효신, 「단눈치오와 무솔리니, 그리고 시적 영웅주의 연구」, 『이탈리아어문학』 제42집, 한국이탈리아어문학회, 2014, 87~90쪽.

Dèspota, andammo e combattemmo, sempre
fedeli al tuo comandamento. Vedi
che l'armi e i polsi eran di buone tempre.

O magnanimo Dèspota, concedi
al buon combattitor l'ombra del lauro,
ch'ei senta l'erba sotto i nudi piedi,

ch'ei consacri il suo bel cavallo sauro
alla forza dei Fiumí e in su l'aurora
ei conosca la gioia del Centauro.

O Dèspota, ei sarà giovine ancóra!
Dàgli le ríve í boschi i prati ì monti
i cieli, ed ei sarà giovine ancóra!

Deterso d'ogni umano lezzo in fontí
gelidi, ei chiederà per la sua festa
sol l'anello deglì ultimi orízzonti.

I vènti e i raggi tesseran la vesta
nova, e la carne scevra d'ogni male
éntrovi balzerà leggera e presta.

Tu 'l sai: per t'obbedire, o Trionfale,
sì lungamente fummo a oste, franchi
e duri; nè il cor disse mai "Che vale?"

disperato di vincere; né stanchi
mai apparimmo, né mai tristi o incerti,
ché il tuo volere ci fasciava i fianchi.

O Maestro, tu 'l sai: fu per piacerti.
Ma greve era l'umano lezzo ed era
vile talor come di mandre inerti;

e la turba faceva una Chimera
opaca e obesa che putiva forte
sì che stretta era all' afa la gorgiera.

Gli aspetti della Vita e della Morte
invano balenavan sul carname
folto, e gli enimmi dell' oscura sorte.

(......)

Dèspota, or tu concedigli che allenti
il nervo ed abbandoni gli ebri spirti
alle voraci melodìe dei vènti!

Assai si travagliò per obbedirti.

Scorse gli Eroi su i prati d'asfodelo.

Or ode i Fauni ridere tra i mirti,

l'Estate ignuna ardendo a mezzo il cielo.

작품 해설

단눈치오는 세간에 사람들의 감정에 호소해 선동적이고 폭발적인 시어를 구사한 전쟁 시인으로 알려져 있다. 특히 현실 정치에도 많은 영향을 남겨 세계대전 기간에는 이탈리아의 참전을 종용하기도 했으며, 무솔리니에게도 많은 영향을 준 것으로 유명하다. 단눈치오 스스로 50세가 넘어서 진정한 전쟁 영웅이 될 기회를 잡은 피우메Fiume 사건 이전까지 그는 전쟁 시인으로서 열정적인 연설과 노래를 통해 젊은 남자들이 영웅적인 행동을 하도록 부추겼다.

스스로 '훌륭한 투사'인 단눈치오는 시 「휴식」에서 전사와 투사를 일깨우며 진정한 휴식의 의미를 되새긴다. 단눈치오의 세 번째 시집 『알초네Alcyone』(1903)의 서시 「휴식」은 단눈치오 시의 주요 특징인 연설적이고 수사학적인 면이 두드러진다. 곳곳에서 웅변적 양상을 띠고, 독일 철학자 니이체의 초인 사상을 이야기하려는 태도를 보이기도 한다. 이미 오랜 전쟁을 치룬 전사에게 필요한 휴식의 의미는 자연과의 교감 속에서 마무리된다. 자연을 관조하는 시적 유미주의와 전쟁과 투사를 강조하는 연설적 음조가 조화롭게 함께하는 시이다.

시 「휴식」은 이 시집 이전의 시집들과 계속된다는 의미와 함께, 휴식을 통해 새로이 가다듬어지며 변화된다는 의미를 담고 있다. 시 「휴식」은 시집 『알초네』의 주요시들이 이미 완성되어 있던 때에 창작된 작품으로, 구상 당시부터 서시로 만들 의도가 깔려 있었다. 이러한 의도로 창작된 시이기에 더욱더 그 이전 시집인 『엘레트라Elettra』(영웅들을 찬양하는 데 바쳐진 시집)와의 변별성에 중점을 두고 새롭게 변화된 점을 정당화하는 데 집중하는 작품이라고 할 수 있다.

소나무 숲에 비 내리고 La pioggia nel Pineto

가브리엘레 단눈치오

아무 말 말아요. 숲에
들어서며 난 그대 하는
인간적인 말 듣지
않아요. 그러나 멀리
물방울들과 나뭇잎들이 하는
아주 새로운 말을
들어요.
귀 기울여 봐요. 흩어진
구름에서 비가 와요.
소금끼 머금고 햇볕에 그을은
석류나무 위에 비가 와요.
빽빽이 들어찬 비늘 돋은
소나무 위에 비가 와요.
성스러운 도금양桃金孃 위에
비가 와요.
소담스레 피어 있는
눈부신 금작아 꽃 위에,

향기로운 열매

주렁주렁 달린 노간주나무 위에,

수풀 빛 우리 얼굴 위에

비가 와요.

우리 빈손 위에

비가 와요.

우리 하늘거리는

옷 위에,

영혼이 새로움을

여는 신선한

생각 위에,

어젠 그댈 현혹시켰고

오늘은 날

현혹시킨, 그 이야기 위에,

아 에르미오네여.

내 말 듣나요? 외로운
풀잎 위에 빗방울이
떨어져요.
무성한 또 엉성한
잎사귀 따라
공중에서, 끊임없이
바뀌며 살랑이는 소리.
들어봐요, 하늘 울음에
매미들 노래로
응답하고
남쪽에서 오는 울음도
회색빛 하늘도 결코
두렵지 않네.
소나무의 어떤
소리, 도금양의
다른 소리, 노간주나무
또 다른 소리, 다른

악기들
수많은 손가락 아래 있네.
우리는
전원의 영혼 속에
잠겨,
나무의 생명으로 살아있네;
나뭇잎처럼
비에 젖은
그대의 꿈 꾸는 듯한 얼굴,
해맑은 금작아처럼
향기 뿜는
그대 머리카락,
아 지상의 창조자여
그대 이름은
에르미오네.

들어봐요, 들어봐. 공중의
매미 화음
커져만 가는
그 울음소리 아래
조금 조금씩
들리지 않네.
그러나 저 아래 머나먼
습기 찬 그늘에서
올라오는 어느 노랫소리,
더욱 혼탁하게 섞여드네.
점점 여리고 희미하게
느려지다, 사라지네.
하나의 멜로디만이
여전히 떨다, 사라지고,
다시 살아나, 떨고, 사라지네.
바닷소리 들리지 않네.
이제 모든 잎사귀 위에 들리는 건

소낙비 퍼붓는 소리

씻어내고 정화하는

은빛 빗방울

더 빽빽한, 덜 빽빽한

나뭇잎 따라

변하는 소낙비.

들어봐요

공중의 딸은

말이 없으나, 멀리 있는

진흙의 딸,

개구리는,

더 깊은 어두움 속에서 노래하네,

어딘지 누가 아나요, 누가 아나요!

그대 눈썹 위에 비가 와요,

에르미오네여.

그대 검은 속눈썹 위에 비 내리니
기쁨에 그대
우는 듯해요. 희지 않은
거의 수풀 빛 그대,
나무껍질에서 나온 듯해요.
이제 모든 삶은 우리 안에 향기롭게
상큼해요,
가슴 안의 심장, 마치 손대지 않은
복숭아 같고,
눈까풀 사이 눈들
풀 섶의 샘물 같네,
벌 짚 모양 작은 구멍 안의 치아
덜 익은 아몬드나무 열매 같네.
이제 우리 가시덤불 이리저리 헤치며 가세,
때론 함께 어울려 때론 각자 따로따로
(또 바닥을 기는 거친 초록빛 힘은
우리 복사뼈 에워싸고

우리 무릎 가로막네)

어딘지 누가 아나요? 누가 아나요?

수풀 빛 우리 얼굴 위에

비가 와요,

우리 빈손 위에

비가 와요,

우리 하늘거리는

옷 위에,

영혼이 새로움을

여는 신선한

생각 위에,

어젠 그댈 현혹시켰고

오늘은 날

현혹시킨, 그 이야기 위에,

아 에르미오네여.*

* 김효신, 「단눈치오 시집 『Alcyone』 연구」, 『어문학연구』 제4집, 효성여자대학교 어문학연구소, 1991, 30~31쪽. 이하 '김효신(1991: 쪽수)'.

Taci. Su le soglie
del bosco non odo
parole che dici
umane; ma odo
parole più nuove
che parlano gocciole e foglie
lontane.
Ascolta. Piove
dalle nuvole sparse.
Piove su le tamerici
salmastre ed arse,
piove su i pini
scagliosi ed irti,
piove su i mirti
divini,
su le ginestre fulgenti
di fiori accolti,

su i ginepri folti

di coccole aulenti,

piove su i nostri volti

silvani,

piove su le nostre mani

ignude,

su i nostri vestimenti

leggieri,

su i freschi pensieri

che l'anima schiude

novella,

su la favola bella

che ieri

t'illuse, che oggi m'illude,

o Ermione.

Odi? La pioggia cade

su la solitaria

verdura

con un crepitìo che dura

e varia nell'aria

secondo le fronde

più rade, men rade.

Ascolta. Risponde

al pianto il canto

delle cicale

che il pianto australe

non impaura,

né il ciel cinerino.

E il pino

ha un suono, e il mirto

altro suono, e il ginepro

altro ancóra, stromenti

diversi

sotto innumerevoli dita.

E immersi

noi siam nello spirto

silvestre,

d'arborea vita viventi;

e il tuo vólto ebro

è molle di pioggia

come una foglia,

e le tue chiome

auliscono come

le chiare ginestre.

O creatura terrestre

che hai nome

Ermione.

Ascolta. ascolta. L'accordo

delle aeree cicale

a poco a poco

più sordo

si fa sotto il pianto

che cresce;

ma un canto vi si mesce

più roco

che di laggiù sale,

dall'umida ombra remota.

Più sordo e più fioco

s'allenta, si spegne.

Sola una nota

ancor trema, si spegne,

risorge, trema, si spegne.

Non s'ode voce del mare.

Or s'ode su tutta la fronda

crosciare

l'argentea pioggia

che monda,

il croscio che varia

secondo la fronda

più folta, men folta.

Ascolta.

La figlia dell'aria

è muta; ma la figlia

del limo lontana,

la rana,

canta nell'ombra più fonda,

chi sa dove, chi sa dove!

E piove su le tue ciglia,

Ermione.

Piove su le tue ciglia nere
sì che par tu pianga
ma di piacere; non bianca
ma quasi fatta virente,
par da scorza tu esca.
E tutta la vita è in noi fresca
aulente,
il cuor nel petto è come pèsca
intatta,
tra le palpebre gli occhi
son come polle tra l'erbe,
i denti negli alvèoli
son come mandorle acerbe.
E andiam di fratta in fratta,
or congiunti or disciolti
(e il verde vigor rude
ci allaccia i mallèoli

c'intrica i ginocchi)

chi sa dove, chi sa dove!

E piove su i nostri volti

silvani

piove su le nostre mani

ignude,

su i nostri vestimenti

leggieri,

su i freschi pensieri

che l'anima schiude

novella,

su la favola bella

che ieri

m'illuse, che oggi t'illude,

o Ermione.

작품 해설

단눈치오의 시「소나무 숲에 비 내리고」의 창작연대는 1902년 7월, 8월경으로 추정하고 있다. 이 시는 시집 『알초네Alcyone』(1903)에서 중요한 위치를 차지하는 시들 중의 하나이다. 범신론적인 면모를 드러내고 있는 시「소나무 숲에 비 내리고」에는 시인과 에르미오네, 두 주인공의 식물화 과정이 돋보인다.

인간과 자연이 기다리는 여름비는 신선하고 원기를 회복시키는 것으로, 숲속에서 시인과 사랑스러운 동반자 에르미오네를 놀라게 한다. 이미 빗방울이 한두 방울 떨어질 때부터, 시인은 귀를 기울이려 한다. 띄엄띄엄 불규칙적으로 떨어지는 빗소리를 듣다가 곧이어 세차게 규칙적으로 내리는 빗소리를 듣는다. 나무의 잎사귀에서 소리의 놀라운 다양성을 유추해낸다. 이 다양함에 매미의 노래와 개구리의 노래가 섞인다. 시인은 모든 느낌을 다 자신 안에 받아들이면서, 비 온 후 정돈되고 새로워지는 나무의 신선한 삶에 귀를 기울인다. 자연과 인간세계가 서로 융화되는 마지막 연에 이르기까지 이러한 소리의 다양성과 나무의 신선한 삶이 끊임없이 서로 교차하고 합쳐진다. 시「소나무 숲에 비 내리고」의 지배적인 모티브는 우리를 둘러싸고 동화시키는, 자연의 유동체 속에 침잠되어가는 꿈에 취한 듯한 느낌이다. 미묘한 감각의 황홀한 절정을 이룬다. 현실적 감각의 쾌락과 방랑 취향의 자유에 대한 매력은 서로 융화되어, 운율의 화합, 내면적 메아리, 의성어의 발견 등이 길지만 다채로운 시적 멜로디 안에 녹아들고 있음을 확인할 수 있다.

시간의 모래 La sabbia del Tempo

가브리엘레 단눈치오

뜨거운 모래 하릴없는
둥근 손안으로 가벼이 흘러가는데,
마음은 하루가 너무 짧았음을 느꼈네.

금빛 해변 흐리게 하는
습기 찬 가을의 문턱 가까워지자
갑작스러운 불안함이 내 맘을 사로잡네.

손은 시간의 모래 담는 항아리,
박동하는 내 마음은 모래시계라네.
온갖 헛된 축이 커져만 가는 그림자
말 없는 시계 판의 바늘 그림자 같구나.*

---

*   김효신(1991: 54).

Come scorrea la calda sabbia lieve

per entro il cavo della mano in ozio,

il cor sentì che il giorno era più breve.

E un'ansia repentina il cor m'assalse

per l'appressar dell'umido equinozio

che offusca l'oro delle piagge salse.

Alla sabbia del Tempo urna la mano

era, clessidra il cor mio palpitante,

l'ombra crescente d'ogni stelo vano

quasi ombra d'ago in tacito quadrante.

작품 해설

시집 『알초네Alcyone』(1903)에는 한여름의 중심을 이루는 짤막한 시들이 〈여름의 마드리갈Madrigali dell'Estate〉 편에 실려 있다. 여기에 실려 있는 11편의 마드리갈 10행시들 중의 두 번째 마드리갈이 바로 시 「시간의 모래」이다. 이 시는 시인의 불안, 걱정을 노래하고 있다. 시인은 어느 날 갑자기 여름이 거의 다 가버리고 가을의 문턱에 가까이 와 있음을 느낀다. 시인은 마무리 단계에서 마음을 모래시계로 비유해서 끝을 맺는다. 여름이 쇠잔해가는 사실을 모래시계를 통해 측정하듯, 시인의 손을 통해 흘러가는 시간의 모래의 이미지는 20세기 유럽 시의 정수로도 꼽힐 수 있게 한다. 여름이 무르익는 중에, 점차 여름이라는 계절의 여러 모습이, 마치 붙잡을 수 없는 시간의 흐름을 증명이라도 하듯, 죽음과 멸망의 느낌마저 은근히 드러내고 있다.

노래하는 족속들 Le Stirpi Canore

가브리엘레 단눈치오

나의 노래들은 숲의
후예,
파도의 노래들,
원형극장의 노래들,
태양의 노래들,
북서풍의 노래들.
나의 낱말들은
땅속에 박힌
뿌리처럼
깊고,
하늘처럼
고요하며,
사춘기 소년들의
혈기처럼 열렬하고,
가시들처럼 날카롭다네,
혼란스러운 망상들처럼
혼란스러운 낱말들,

산의 수정 알처럼
투명하다네,
포플러나무의 잎사귀처럼
떨리고,
전속력으로 질주하는
말들의 콧방울처럼
부풀어 있다네,
퍼진 향기처럼
가볍고,
갓 피어난 꽃처럼
순결하다네,
하늘의 이슬처럼
상큼하고,
하데스 망자의 왕국에 핀 시들지 않는 꽃처럼
우울하다네,
저수지의 버드나무처럼
유연하고,

두 나무줄기 사이

거미를 붙잡고 있는

거미줄처럼

가느다랗다네.*

I miei carmi son prole

delle foreste,

altri dell'onde,

altri delle arene,

altri del Sole,

altri del vento Argeste.

Le mie parole

sono profonde

come le radici

terrene,

---

*   김효신(1991: 221~223).

altre serene

come i firmamenti,

fervide come le vene

degli adolescenti,

ispide come i dumi,

confuse come i fiumi

confusi,

nette come i cristalli

del monte,

tremule come le fronde

del pioppo,

tumide come le narici

dei cavalli

a galoppo,

labili come i profumi

diffusi,

vergini come i calici

appena schiusi,

notturne come le rugiade

dei cieli,

funebri come gli asfodeli

dell'Ade,

pieghevoli come i salici

dello stagno,

tenui come i teli

che fra due steli

tesse il ragno.

작품 해설

단눈치오의 시 「노래하는 족속들」의 창작연대는 시 「소나무 숲에 비 내리고」와 마찬가지로 1902년 7월, 8월경으로 추정하고 있다. 시 「소나무 숲에 비 내리고」에서는 단눈치오가 자연과의 교감을 노래했지만, 시 「노래하는 족속들」에서는 자연과의 교감을 선언했다고 볼 수 있다. 이 작품을 단눈치오 시론의 선언서쯤으로 본다면, 작품 자체에 이념적 특성이 다분히 많이 포함되어 있다는 것이 그리 이상하지 않다. 선언적 특성에서 보면, 시 「노래하는 족속들」은 다음의 가히 놀라운 세 가지 면모를 드러낸다. 첫째, 이 서정시에서는 자신의 "낱말들parole"을 소개하고 찬양하면서, 자신의 언어학적인 야망들을 고백하여 다른 실험주의자들과 논쟁을 일으키다시피 했다. 둘째, 자신의 "낱말들"을 찬양하면서, 단눈치오는 자신의 초인주의와 초인의 개념과 같은 선상에서 "낱말들"의 창조적 은밀한 덕행, 또 자신의 창작력 역시 찬양하는 것이다. 이것은 이미 이념적 차원에 있는 것이고 단순히 시론만은 아니다. 셋째, 언어학적 표시인 "낱말parola"을 시어의 기원으로 다시 끌어내고, 시인 단눈치오는 분명히 자신의 시어에 "자연과 우주의 산물"을 안겨주며, "총체적이고 모든 것을 포함하며 감싸는 살아있는 현실"을 형성하는 것이다. "낱말"은 성스러운, 신적인 것으로 격상되고, 마침내 시구verso는 모든 것을 의미하게 된다.

양치기들 pastori

가브리엘레 단눈치오

9월, 갑시다. 옮겨 떠날 때가 되었다오.
지금 고향 아브루초Abruzzo 내 양치기들은
양 우리 멀리하고 바다로 가고 있다오.
산의 목초지인 양 마냥 푸르른
황량한 아드리아해로 내려가고 있다오.

알프스 샘물 깊이 들이마셔,
고향의 물맛 이방인들의 마음에
위안으로 남고, 가는 길 내내
갈증 삼켜 주리다.
새로이 개암나무 막대기도 챙겨 들였다오.

옛 어른의 자취 밟고,
거의 말 없는 풀빛 강물,
태고의 가축 길 지나 평지로 가고 있다오.
아 저 바다의 떨림을 제일 먼저
알아차린 그 목소리여!

이제 해변을 따라 걸어가는
양이 있다오. 공기는 적막 속에 숨죽인다오.
모래와 거의 분간할 수 없는
숨 쉬는 양털을 태양은 이내 금빛으로 물들인다오.
바닷물 소리, 발자국 소리, 달콤한 소리들.

아아, 왜 난 양치기들과 함께 있지 않는지?*

Settembre, andiamo. È tempo di migrare.
Ora in terra d'Abruzzi i miei pastori
lascian gli stazzi e vanno verso il mare :
scendono all' Adriatico selvaggio
che verde è come i pascoli dei monti.

Han bevuto profondamente ai fonti
alpestri, che sapor d'acqua natìa

---

*   김효신(1991: 240~241).

rimanga ne' cuori esuli a conforto,
che lungo illuda la lor sete in via.
Rinnovato hanno verga d'avellano.

E vanno pel tratturo antico al piano,
quasi per un erbal fiume silente,
su le vestigia degli antichi padri.
O voce di colui che primamente
conosce íl tremolar della marina!

Ora lungh'esso il litoral cammina
la greggia. Senza mutamento è l'aria.
Il sole imbionda si la viva lana
che quasi dalla sabbia non divaria.
Isciacquìo, calpestìo, dolci romori.

Ah perché non son io co' miei pastori?

작품 해설

단눈치오의 시 「양치기들」의 창작연대는 1903년 9월, 10월경으로 추정된다. 이 시는 일련의 연작시 〈머나먼 대지의 꿈Sogni di terre lontane〉 편에 실린 작품이다. 이 연작시들은 총 7편으로 영원히 끝나버린 9월 그리고 8월의 축제에 대한 슬픔과 비애를 통일된 출발점으로 하고 있다. 하나의 체험이 영원히 끝났음을 확신함은 순환성 혹은 신화적인 영원한 회귀에 대한 모든 것을 제외함을 의미한다. 이 〈머나먼 대지의 꿈〉 편 연작시 중에서 가장 앞에 실린 시 「양치기들」은 시적 아름다움이 돋보이는 시로 유명하다. 아브루초Abruzzo의 산들, 오래된 가축길, 아드리아해 원시림, 양, 그 양을 금빛으로 물들이는 햇빛…, 시인의 마음에 달콤한 기억들을 불러일으키는 시상들, 그리고 티 없이 순수한 향수의 마음으로 시인을 가득 채우는 그 모든 상념이 아름답다. 시인은 자신의 젊은 시절, 산에서 돌아오는 양들을 바라보면서 지낼 그리운 순간들을 재현시키고 있다. 이 시에서 슬픈 감정은 되살아난 모든 심상 밑에 아름답게 깔려 있다.

그런데 유미주의적인 시 「양치기들」에 관해 전혀 다른 방향에서 바라본 또 다른 글*의 평가는 특별한 의미를 갖는다. 단눈치오의 시적 영웅주의가 유미주의적인 시 「양치기들」에서도 찾아볼 수 있다. 이 시집에는 소개되지 않았지만, 단눈치오의 시 「카프레라의 밤La notte di Caprera」의 말미도 시 「양치기들」에서 나오는 부분과 아주 비슷하다는 점이다. 시 「카프레라의 밤」의 끝부분은 바다 쪽으로 양들을 몰고 가는 어느 목동의 소박한 모습, 국민적 영웅인 가리발디 장군의 말년의 삶을 노래한 모티브는 시 「양치기들」을 상기시킨다. 또한 말년의 가리발디가 바다 쪽으로 양들을 몰고 가는 모습은 상징적으로 양을 치는 목동, 진정한 지도자, 리더를 의미하고 성서 속의 비유를

---

* 「단눈치오와 무솔리니, 그리고 시적 영웅주의 연구」, 『이탈리아어문학』 제42집, 2014, 97쪽, 99쪽, 100쪽.

상기시키기도 한다. 시 「양치기들」에서 "아 저 바다의 떨림을 제일 먼저/ 알아차린 그 목소리여!"에서는 특히 선구자적 모티브, 초인의 모티브를 읽을 수 있다.

선택된 민족을 위한 축하의 노래

Canto Augurale per la Nazione eletta

가브리엘레 단눈치오

이탈리아, 이탈리아여,

새로운 여명에 신성하도다.

쟁기와 더불어 그리고 뱃머리도!

아침이 도약했노라, 마치 천명의 타이탄들의 기쁨인 양,

사라져가는 별들을 보고서.

셀 수 없이 수많은 손이 몰려 있는 것처럼,

그저 한 떨림으로써, 산에서나 언덕에서나 평지에서나

모든 나뭇잎이 일제히 향하였노라.

　　　이탈리아! 이탈리아여!

숭고한 독수리 한 마리 빛 속에서 제 모습을 드러냈노라, 미지의

타이탄 족속으로, 하얀

깃털이로다. 그리고 여기 페플로스*가 휘황찬란하고, 머리카락

이 물결치노라...

---

*　고대 그리스의 여성 옷.

승리는 아테네와 로마의 사랑이 아니었는가?

니케*는, 성 처녀가 아니었는가?

　　이탈리아! 이탈리아여!

비행하는 독수리는 지나갔노라. 칼도, 활도, 창도 아니고,

오히려 끝없는 땅이어라.

그 희고도 넓은 날개의 울림이 빛 속에서 퍼져나가고

있었노라, 마침 그때 경보병**은 피바다를 통과하며 그 소리를

들었노라 그리고 중보병***은 움직임이 없었노라.

　　이탈리아! 이탈리아여!

조국의 강을 따라서 어느 자유인이 자신의 비옥한 토지들을

---

* 승리의 여신이자 인격의 여신. 티탄 신족인 팔라스와 스틱스 사이에서 태어났다고 하나, 올림포스 신들과 티탄 신족 간에 벌어진 싸움에서는 아버지 편을 들지 않았다. 그녀는 올림포스까지 헤라클레스를 따라갔다. 그녀는 승리자의 머리 위에 관을 들고, 날개를 가진 모습으로 묘사되고 있다.

** 그리스의 경장비 보병.

*** 그리스의 중장비 보병.

경작하고 있었노라, 평화로이.

회초리 아래 황소들의 힘이 단단하리라 열망하였노라.

그 사람은, 고상한 영웅들의 형제로서, 비옥한 밭고랑에서

발로써 작업함에 위대하였노라.

　　　　이탈리아! 이탈리아여!

그의 손바닥들로써 스쳐지나갔노라

그 벗겨진 인간의 이마, 완고한 쟁기, 넘실거리는

멍에를. 그리고 다시 올라갔노라. 흙에 닳아빠진 쟁기 날은

무기인 양 번쩍였노라.

　　　　이탈리아! 이탈리아여!

인간, 단단한 도구, 힘들어하지 않는 어린 소들은

당당한 청동 안에서

신의 지시에 영원하게 된 듯하구나. 무언의 재물*에 대해선

---

* 　소출 준비된 곡물을 가리킴.

곡물을 기른 모체인 사투르누스의 땅*이 자만심 가득 의기양양
하였노라.

아 모든 농작물의 어머니여,
　　　이탈리아! 이탈리아여!

승리는 놀라운 구름 사이로 사라졌노라
독수리는 하늘 저 높은
곳에서. 야생의 마을들을, 하얀 수도원들을, 보았노라
넓은 강들 옆에 여전히 옛 멋으로, 영광스러운
고대 도시들을.
　　　이탈리아! 이탈리아여!

그리고 바다에 당도했노라, 어느 방비된 항구에. 해 질 무렵이었
노라.

붉은빛을 띤 연기 사이로

---

* 　이탈리아를 가리킴.

범선의 지주支柱들이 거대한 뒤엉킴 속에서 검게 물들어가고
있었노라, 그리고 조선소 안 둔탁한 소리로 들려오곤 하던 군사
용 망치 소리가
장갑판裝甲板 위에서 귓전을 울렸노라.
　　이탈리아! 이탈리아여!

건조된 배 한 척이 마지막 공정과정으로 뾰족해진 채
깊디깊은 선착장을 차지하고 있었노라.
커다란 용골*이 모두 황혼의 붉은 색에 반짝거리고 있었노라.
그리고 끔찍한 뱃머리는, 세상을 지배할 요량으로,
쟁기 날 형상을 하였노라.
　　이탈리아! 이탈리아여!

저 깎아지른 곳 저위로 불같은 독수리는,
손바닥으로 그것을 가리켰노라.

---

*　선박 바닥의 중앙을 받치는 길고 큰 재목. 이물에서 고물에 걸쳐 선체를 받치는 기능을 한다.

152

영웅적인 희망은 강력한 큰 건조물 안에서 전율하였노라.

강철의 사람들은 돌연 마음속에

불꽃이 일어남을 느꼈노라.

　　　이탈리아! 이탈리아여!

이리하여 그대는 어느 날엔가 라틴의 바다*가

그대 전쟁의 대학살로 뒤덮임을 보리라

그리고 그대 왕관을 위하여 그대의 월계수와 은매화가 접히는

것**을 보리라,

아 언제나 다시 태어나는 존재여, 아 모든 족속의 꽃이여,

모든 땅의 향기여,

　　　이탈리아, 이탈리아여,

　　　새로운 여명에 신성하도다.

　　　쟁기와 더불어 그리고 뱃머리도!***

---

*　　지중해를 가리킴.

**　복종하는 것을 가리킴.

*** 김효신(2008: 56~59).

Italia, Italia,

sacra alla nuova Aurora

con l'aratro e la prora!

Il mattino balzò, come la gioia di mille titani,

agli astri moribondi.

Come una moltitudine dalle innumerevoli mani,

con un fremito solo, nei monti nei colli nei piani

si volsero tutte le frondi.

Italia! Italia!

Un'aquila sublime apparì nella luce, d'ignota

stirpe titania, bianca

le penne. Ed ecco splendere un peplo, ondeggiare una chioma...

Non era la Vittoria, l'amore d'Atene e di Roma,

la Nike, la vergine santa?

Italia! Italia!

La volante passò. Non le spade, non gli archi, non 'aste,
ma le glebe infinite.
Spandeasi nella luce il rombo dell'ali sue vaste
e bianche, come quando l'udìa trascorrendo il peltàste
su 'l sangue ed immoto l'oplite.

      Italia! Italia!

Lungo il paterno fiume arava un uom libero i suoi
pingui iugeri, in pace.
Sotto il pungolo dura anelava la forza dei buoi.
Grande era l'uomo all'opra, fratello degli incliti eroi,
col piede nel solco ferace.

      Italia! Italia!

La Vittoria piegò verso le glebe fendute il suo volo,
sfiorò con le sue palme

la nuda fronte umana, la stiva inflessibile, il giogo

ondante. E risalìa. Il vomere attrito nel suolo

balenò come un'arme.

Italia! Italia!

Parvero l'uomo, il rude stromento, i giovenchi indefessi

nel bronzo trionfale

eternati dal cenno divino. Dei beni inespressi

gonfia esultò la terra saturnia nutrice di messi.

O madre di tutte le biade,

Italia! Italia!

La Vittoria disparve tra nuvole meravigliose

acquila nell'altezza

dei cieli. Vide i borghi selvaggi, le bianche certose,

presso l'ampie fiumane le antiche città, gloriose

ancóra di antica bellezza,

Italia! Italia!

E giunse al Mare, a un porto munito. Era il vespro.
Tra la fumèa rossastra
alberi antenne sàrtie negreggiavano in un gigantesco
intrico, e s'udìa cupo nel chiuso il martello guerresco
rintronar su la piastra.
Italia! Italia!

Una nave construtta ingombrava il bacino profondo,
irta de l'ultime opere.
Tutta la gran carena sfavillava al rossor del tramonto;
e la prora terribile, rivolta al dominio del mondo,
aveva la forma del vomere.
Italia! Italia!

Sopra quella discese precìpite l'aquila ardente,

la segnò con la palma.

Una speranza eroica vibrò nella mole possente.

Gli uomini dell'acciaio sentirono subitamente

levarsi nei cuori una fiamma.

Italia! Italia!

Così veda tu un giorno il mare latino coprirsi

di strage alla tua guerra

e per le tue corone piegarsi i tuoi lauri e i tuoi mirti,

o sempre rinascente, o fiore di tutte le stirpi,

aroma di tutta la terra,

Italia! Italia!

sacra alla nuova Aurora

con l'aratro e la prora!

작품 해설

　　단눈치오의 시 「선택된 민족을 위한 축하의 노래」는 1899년 11월 16일, 문학지 『새로운 선집Nuova Antologia』에 전체 제목이 빠져있는 상태에서 소제목들과 함께 발표 소개된 바 있다. "선택된 민족을 위한 축하의 노래"라는 제목으로 세상에 나온 것은 1904년에 출간된 시집 『엘레트라』의 마지막 시편으로 실렸던 것이 처음이다. 단눈치오의 시 「선택된 민족을 위한 축하의 노래」는 이탈리아 시사(詩史)를 통틀어 특기할 만한 민족과 조국 예찬 시의 전형이라고 할 수 있다. 또한 이 시는 늘 단눈치오가 열망했던 대로 조수에 카르둣치의 '예언자적 시인'의 뒤를 잇는 19세기적인 시적 전망을 담고 있다. 민중을 이끌고 민중을 계도하는 계몽주의자이며 민족주의자다운 이상의 개념이 잘 드러나 있는 시작품이다. 시 「선택된 민족을 위한 축하의 노래」에 나오는 '배'는 모험과 전쟁 발발의 상징으로, 이탈리아 민족의 우월성을 드러내는 승리, 정복의 배이다. 전체적인 분위기가 수사학적인 웅변조로 되어있음도 민족 예찬의 시를 더욱 두드러지게 하는 역할을 한다.

행복이라는 이름의 아가씨 혹은 펠리치타

La Signorina Felicità ovvero La Felicità

구이도 곳차노*

행복 아가씨, 지금쯤이면

당신의 집 그 해묵은 정원 안으로

저녁이 내리오. 내 마음 친구 안에는

추억이 내리오. 또 당신이 보이는구려,

이브레아 강과 담청색의 도라 강

그리고 그 아름다운 마을, 난 입을 다물고 만다오.

행복 아가씨, 당신의 축일이요!

지금쯤 뭘 하고 있소? 커피를 끓이는가요,

그래서 주위에 산뜻한 향 내음 퍼지게 하나요?

아 아마포를 꿰매고 노래를 부르며 날 생각하는지요,

돌아오지 않는 변호사를 말이오?

---

* 20세기 초반에 단눈치오의 유미주의적인 시작법을 반대하고 그와는 다른 우울하고 슬픈 애가
조의 시를 썼던 일군의 '황혼주의Crepuscolarismo' 시인들이 있었다. 여기서 황혼은 카르둣치에
게서 시작된 '문학적 영광'과는 달리 '황혼', 즉 '저무는 영광'이란 의미를 내포하고 있는데,
이는 다시 말해서 당대의 명성과 영광을 누리는 시인들에 대한 온건한 '반항'이었다. 이를
대표하는 시편으로는 특별히 구이도 곳차노Guido Gozzano(1883~1916)의 「행복이라는 이름의
아가씨 혹은 펠리치타La signorina Felicità ovvero la Felicità」, 「희망이라는 이름의 할머니의 여자
친구L'amica di Nonna Speranza」를 기억할 수 있다.

그런데 변호사는 여기 있다오, 당신을 생각하며.

그 아름다운 가을날들을 뒤돌아 생각해보오.
언덕배기 위 아마레나 별장을
무성한 버찌 열매들과 그 저주받은
후작 부인, 그리고 황양 나무의 침울한
향기 오르는 채소밭 그리고 무수한 유리 조각들
낡은 벽 위에, 요새를 이루고 있다오...

아마레나 별장이여! 아름다운 당신의 집
9월의 그 거대한 평온함에 잠겨 있다오!
당신의 집은 옥수수 장막을
지붕 가장자리까지 두르고 있소.
마치 17세기 귀부인 같은 모습으로, 시간에
노략질당한 채, 농부 아낙 옷을 입었다오.

슬프게도 사람이 살지 않았던 아름다운 건물이라오!

다 낡고, 찌그러진, 둥근 쇠창살들!

조용히! 연달아 붙어 있는 죽음의 방들이여!

어둠의 향기여! 과거의 향기여!

황량한 버림받음의 향기여!

문 위 장식벽들의 빛바랜 우화들이여! (…후략…)*

Signorina Felicità, a quest'ora

scende la sera nel giardino antico

della tua casa. Nel mio cuore amico

scende il ricordo. E ti rivedo ancora,

e Ivrea rivedo e la cerulea Dora

e quel dolce paese che non dico.

Signorina Felicità, è il tuo giorno!

A quest'ora che fai? Tosti il caffè,

---

* 김효신, 「황혼주의 시인 Guido Gozzano 시집 『I Colloqui』 대화 연구」, 『효성여자대학교 연구논문집』 제47집, 효성여자대학교, 1993, 157~158쪽. 이하 '김효신(1993: 쪽수)'.

e il buon aroma si diffonde intorno?
O cuci i lini e canti e pensi a me,
all'avvocato che non fa ritorno?
E l'avvocato è qui: che pensa a te.

Pensa i bei giorni d'un autunno addietro,
Vill'Amarena a sommo dell'ascesa
coi suoi ciliegi e con la sua Marchesa
dannata, e l'orto dal profumo tetro
di busso e i cocci innumeri di vetro
sulla cinta vetusta, alla difesa...

Vill'Amarena! Dolce la tua casa
in quella grande pace settembrina!
La tua casa che veste una cortina
di granoturco fino alla cimasa:
come una dama secentista, invasa

dal Tempo, che vestì da contadina.

Bell'edificio triste inabitato!
Grate panciute, logore, contorte!
Silenzio! Fuga delle stanze morte!
Odore d'ombra! Odore di passato!
Odore d'abbandono desolato!
Fiabe defunte delle sovrapporte! (······)

작품 해설

　구이도 곳차노의 대표적인 시「행복이라는 이름의 아가씨 혹은 펠리치타」는 1909년 3월 16일 문학지 『새로운 선집Nuova Antologia』에 처음 소개되었다. 이 당시에는 〈목가시idilio〉라는 부제가 붙어있었으나, 그 이후에는 없어졌다. 1910년 12월에 출간된 시집 『대화I Colloqui』의 제2부 〈문턱에서Alle Soglie〉 편에 실려 있다. 8부분으로 이루어진 이 시는 이미 1907년에 구상되기 시작했다. 주인공 펠리치타의 모습은 해를 거듭하면서 성숙해 갔는데, 이 시의 초고들을 서로 비교해보면, 그녀의 모습이 시간이 지남에 따라 차츰차츰 덜 잔인한 모습으로 묘사되어갔음을 알 수 있다. 이는 마치도 시인 자신이 정말로 이 주인공에게 점차적으로 사랑에 빠지는 듯한 인상을 준다. 이 주인공은 처음에는 '하녀servente'였다가 '아가씨signorina'로 바뀐 것이다. 이 작품은 시인이 카나베제Canavese 지방에서 보낸 휴가 기간에, 죽음의 향기와 슬픔으로 가득한 낡은 집에서 살던 촌스럽고 무식한 소녀를 향해 시인이 느꼈던 풋풋한 사랑의 추억을 읊고 있다. 이제 시인은 카나베제에서 도시 토리노Torino로 돌아와 달력을 바라본다. 7월 10일 성녀 펠리치타의 축일이다. 풍자와 감동이 엇갈리는 가운데 미소를 머금은 슬픔으로 이미 멀리 떠나온 그곳을 상기하며 향수에 젖는다.

구원Salvezza

구이도 곳차노

다섯 시간을 산다는 것인가?
다섯 살은 산다는 것인가?...
축복의 졸음이
나를 잠재우리라...

연약한 내 영혼이
다시 깨어나는 기쁨을 누렸으니 말일세.
잠드는 편이 더 낫고, 나의
저녁이 오기 전이 더 낫네.

그건 아침의 웃음이
돌아오지 않기 때문이라네.
하루의 아름다움은
온통 아침 안에 있으니까.*

---

* 　김효신(1993: 152~153).

Vivere cinque ore?
Vivere cinque età?...
Benedetto il sopore
che m'addormenterà...

Ho goduto il risveglio
dell'anima leggiera:
meglio dormire, meglio
prima della mia sera.

Poi che non ha ritorno
il riso mattutino.
La bellezza del giorno
è tutta nel mattino.

작품 해설

    구이도 곳차노의 시「구원」은 1910년 9월에 문학지 『리구리아 해변Riviera Ligure』에 제일 처음 소개 발표되었다. 1910년 12월에 출간된 시집『대화I Colloqui』의 제2부 〈문턱에서Alle Soglie〉 편에 실려 있다. 시「구원」은 죽음을 두려워하지 않는 젊은이의 감동적인 대담성이 노래된다. 곳차노의 시에서는 언제나 젊은 시절에 죽는 자가 특권을 누리며 승리하는 청춘의 모티브가 있다. 이 시의 마지막 두 시구에서 프랑스 시인 프란시스 잠Francis Jammes의 메아리가 느껴짐에도 불구하고, 이탈리아 현대 시인이자 비평가인 상귀네티E. Sanguineti의 평가대로 곳차노의 시 자체로서 가치가 인정되는 작품이다. 시「구원」에서 눈에 띄는 특이한 점은 형용사의 사용이 대단히 절제되어 있다는 사실이다. 이 작품에서는 2개의 형용사밖에 찾을 수 없다. 명사와 동사를 월등히 많이 사용하는 것은 곳차노의 탁월한 시작법 상의 한 특징이다.

좋은 친구 Il buon compagno

구이도 곳차노

그건 사랑이 아니었다오, 아니라오. 우리에 관한
호기심 많은 감각이었다오, 꿈의 예찬을 위해
태어난 것들... 그리고 성급하고, 경솔한 행위,
우리에겐 무한한 신비의 원천 같았다오.

그러나 그대의 마지막 입맞춤 안에 내 마지막
입맞춤과 마지막 전율의 불을 사그라뜨리자,
촘촘한 머릿결에 방향을 잃은
그대의, 메마른 흐느낌밖에 들리지 않는다오.

그리고 일찌감치 꿈과 상념에 의해 바싹 타버린
우리네 마음은 헛되이 가까웠다오.
사랑은 너무 똑같은 기질을 한데 엮지는 않는 것.

망각이여 내려오라. 감상적 권태감에서 벗어나
오솔길 따라 더욱 힘차게 앞으로 나아가리라,
좋은 친구들 동지들이여, 언제나.*

---

* 김효신(1993: 144).

169

Non fu l'Amore, no. Furono i sensi
curiosi di noi, nati pel culto
del sogno... E l'atto rapido, inconsulto,
ci parve fonte di misteri immensi.

M poi che nel tuo bacio ultimo spensi
l'ultimo bacio e l'ultimo sussulto,
non udii che quell'arido singulto
di te, perduta nei capelli densi.

E fu vano accostare i nostri cuori
già riarsi dal sogno e dal pensiero;
Amor non lega troppo eguali tempre.

Scenda l'oblio; immuni da languori
si prosegua più forti pel sentiero,
buoni compagni ed alleati: sempre.

작품 해설

구이도 곳차노의 소네트 「좋은 친구」는 1907년 구상 당시에는 〈나쁜 누이Cattiva sorella〉라는 제목으로 설정되었다가, 1908년에서 1909년 사이에 〈사랑하는 친구Il caro amico〉라는 제목으로 작품화되었다. 그리하여 소네트 「사랑하는 친구」는 1910년 5월, 『리구리아 해변Riviera Ligure』지에 제일 처음 소개 발표되었다. 1910년 12월에 출간된 시집 『대화I Colloqui』의 제1부 〈젊은 날의 과오Giovenile Errore〉 편에 실려 있다. 이 작품은 발표와 더불어 시인 자신의 애인 아말리아Amalia Gualielminetti에게 헌정되었다. 곳차노는 론코Ronco에서 보낸 1908년 9월 9일자 편지에서 벌써 그녀를 "좋은 친구"라고 부르고 있다. 그리하여 시집 『대화』에 삽입시키면서 시 제목을 바꾸어 놓은 것이다. 그뿐 아니라, 이 소네트는 전부 다 곳차노가 그녀에게 보낸 수많은 편지글의 글귀들, 표현들을 다시 취하고 있다. 소네트 「좋은 친구」는 연인들이 사랑이었다고 믿었던 것이 사랑이 아니고, 견고하고 변함없이 오래오래 계속되는 우정의 표시였다는 사실을 확인해 주는 시이다. 초조함, 권태감, 무기력감 등의 감상주의적 성향이 배제되어있는 변함없는 깊은 우정을 확인하는 이 시에는 고풍스러운 낭만적 요소에서 벗어나 있는 이성이 지배적이다. 이 이성은 모든 유형의 아르누보 신비주의 색채를 띠고 있다. 현실을 있는 그대로 인식하려는 노력과 당시 문화적 사회적 절박한 변화의 상황 속에서 통감하고 있던 바를 자신의 황혼주의 시 예술 안에 담아내려는 이 이성은 비록 보잘것없기는 해도 정확한 합리성을 증명해 보이려 하는 것이다.

침묵의 유희 Il gioco del silenzio

구이도 곳차노

난 정말 내게
이른 봄의 그날이 있었는지 모른다오.
내가 기억하는 건 — 아니면 꿈꾸는 건? — 벨벳 초원,
내가 기억하는 건 — 아니면 꿈꾸는 건? — 칠흑같이 어두운
하늘,
그리고 겁에 질린 그대 모습 그리고 번개들 그리고 폭풍우
이름 모를 마을 위에 남빛으로 퍼붓는...

그리고 나서 언덕의 시골 농장
그리고 질주 그리고 함성들 그리고 농장관리인
그리고 야간 피신처 그리고 광란의 시간
그리고 부인용 모자 파는 이 마냥 쾌활한 그대
그리고 여명 그리고 보리타작 마당 한가운데 노래들
그리고 화관의 베일을 쓰고 돌아오는 길...

말해 봐요! — 그대는 그 아름다운 봄 거리를
오르고 있었지, 분홍빛 복숭아밭을 지나,

이슬 머금어 촉촉한 하얀 아몬드 나무들 사이로...
- 말해 봐요! - 그댄 굳게 입을 다물고,
빼앗긴 것에 골몰하네, 일어난 일
그리고 어떻게 일어나는지 모르는...

- 말해 봐요! - 난 그대 치마의 그 향기로운
자취를 좇았네... 그러나 다시보네
그 남자를 탐하는 남자의 부드러운 그대 육체,
그 주름진 묵묵한 그대 얼굴
배반 혹은 이별을 꿈꾸는 듯하다네
그리고 내겐 기쁨인데 그녀에겐 그렇지 않은 듯...

그래도 여전히 그대의 목소린 나를 부인하고 있었네
기차 안에서. 난 그대에게 파묻히듯
애원했네, **빠른** 운율적 굉음 속에서...
그대를 흔들어 놓고, 그대에게 무례한 말까지 하며,
그댈 못살게 굴었고, 거의 그대에게 상처를 입히다시피 했지만,

그래도 여전히 그대 목소리는 나를 부인하고 있었다네.

쾌활한 여자 친구여, 시간은 날아서 앗아가 버리고 마네
모든 약속을. 입맞춤과 함께 흐트러트리네
그대의 부드러운 달아날 듯한 말을...
그 침묵은 그렇지 않다네. 기억 속에선, 단지
함구하던 입만 남아 있네.
그 입은 꼭 다문 채 말했네. 말하지 마세요!...*

Non so se veramente fu vissuto
quel giorno della prima primavera.
Ricordo − o sogno? − un prato di velluto,
ricordo − o sogno? − un cielo che s'annera,
e il tuol sgomento e i lampi e la bufera
livida sul paese sconosciuto...

---

*   김효신(1993: 142~143).

Poi la cascina rustica del colle

e la corsa e le grida e la massaia

e il rifugio notturno e l'ora folle

e te giuliva come una crestaia,

e l'aurora ed i canti in mezzo all'aia

e il ritorno in un velo di corolle...

— Parla! — Salivi per la bella strada

primaverile, tra pescheti rosa,

mandorli bianchi, molli di rugiada...

— Parla! — Tacevi, rigida pensosa

della cosa carpita, della cosa

che accade e non si sa mai come accade...

— Parla! — seguivo l'odorosa traccia

della tua gonna... Tuttavia rivedo

quel tuo sottile corpo di cinedo,

quella tua muta corrugata faccia

che par sogni l'innganno od il congedo

e che piacere a me par che le spiaccia...

E ancora mi negasti la tua voce

in treno. Supplicai, chino rimasi

su te, nel rombo ritmico e veloce...

Ti scossi, ti parlai con rudi frasi,

ti feci male, ti percossi quasi,

e ancora mi negasti la tua voce.

Giocosa amica, il Tempo vola, invola

ogni promessa. Dissipò coi baci

le tue parole tenere fugaci...

Non quel silenzio. Nel ricordo, sola

restò la bocca che non diè parola,

la bocca che tacendo disse: Taci!...

작품 해설

　　곳차노의 시 「침묵의 유희」는 1910년 9월, 『리구리아 해변Riviera Ligure』지에 제일 처음 소개 발표되었다. 1910년 12월에 출간된 시집 『대화I Colloqui』의 제1부 〈젊은 날의 과오Giovenile Errore〉 편에 실려 있다. 이탈리아 현대 시인이자 노벨문학상을 받은 바 있는 에우제니오 몬탈레Eugenio Montale가 곳차노의 시를 평가하면서 "시적 기능이 있는 동시에 서술적"이라고 하였는데 이러한 몬탈레의 평가를 내재적으로 증명하는 시이다. 사실 시 「침묵의 유희」는 이미지와 언어가 하나로 통합된 온통 서술체이고 메마른 느낌을 주는 시이다. 한 점의 오점도 없이 한 편의 완벽한 이야기를 이루고 있는 시이다. 이 시는 사랑의 만남에 대해, 그리고 사랑이 지나고 나서 도시(토리노)로 돌아가는 것에 관해 이야기하고 있다. 여인은 침묵하고, 시인은 그녀가 그 침묵을 깨뜨리도록 유도한다. 그 침묵은 시인에게 재고의 표시, 고문을 주는 고통의 표시로 느껴지고, 자연스럽게 그리고 즐겁게 받은 귀중한 선물을 잃어버릴 것 같은 불안에 휩싸인다. 이 시는 34행에서 36행까지 구체적인 아이러니로 끝마무리 된다. 그리하여 침묵을 역설적으로 더욱 강조하며 오히려 그 침묵 속에서 강한 긍정을 아니 긍정에 대한 강렬한 시인의 희망을 드러내는 것이다.

대화 colloqui

Ⅰ.

스물다섯 살!... 난 늙었다네, 늙어
버렸다네! 첫 젊음은 지나고,
내게 남은 선물은 버림받음뿐!

어느 지난날의 책, 내 흐느낌 억누르며
희미한 유물이 그녀를
운과 운 사이, 상기시키네.

스물다섯 살! 성서 상의 기적을
묵상하고... 나의 회색빛 하늘에
이미 서서히 기우는 태양을 바라본다네.

스물다섯 살! 곧 불안한 삼십 대가
다가와, 죽어가는 본능들로
몽롱해진다네... 이윽고 사십 대가

혼비백산한 채, 패자들의 어두운 시절을 드리우고,
이제 노년이, 의치와 염색 머리로,
소름 끼치는 노년이 오네.

아 그다지 누리지 못한 젊음이여,
오늘 지난날의 그대를 보고, 그대의,
미소를 본다네, 그댄 연인으로 인정받지

오로지 이별의 슬픈 시간에만 말이야!
스물다섯 살!... 다른 목적지에 더 나아가면
나아갈수록, 그대 젊음이, 멋진 한 편의

소설처럼 아름다웠음을 깨닫네!

Ⅱ.

그러나 한 편의 멋진 소설 나는 비록 살아보지
못했지만, 내 뒤좇은 말 없는
내 형제 사는 모습을 보았네.

난 울고 웃던 그 형제를 위해
울고 웃었네, 그는 젊고 아름다운
나의 이상적인 환영幻影이었네.

가는 걸음걸음 뒤돌아보았던 나,
그에 대한 궁금증에 못 이겨, 두 눈 고정한 채
때론 쾌활하고 때론 울적한, 그의 생각을 살핀다네.

그는 내가 다시 말했던 것들을 생각하고,
고독한 자신 안에서 내 고통을 위로하면서,
내가 살지 않았던 그 삶을 살았다네.

그는 자신의 아름다운 인생을 사랑하며 살아가네.

나는 아니라 하네, 난 오로지 예술적 꿈 안에서,

온전히 이루어진 그 아름다운 이야기를 읊었을 뿐이라네.

나는 살지 않았다네. 난 종종 놀라워하면서,

침묵의 종이 위에 말 없는 그의 모습을 그려냈다네.

나는 살아 있는 게 아니네. 단지, 무감각하게, 따로 떨어져,

미소 짓고, 나 자신이 사는 모습을 바라본다네.[*]

I.

Venticinqu'anni!... Sono vecchio, sono

vecchio! Passò la giovinezza prima,

---

[*] 김효신(1993: 132~134).

il dono mi lasciò dell'abbandono!

Un libro di passato, ov'io reprima
il mio singhiozzo e il pallido vestigio
riconosca di lei, tra rima e rima.

Venticinqu'anni! Medito il prodigio
biblico... guardo il sole che declina
già lentamente sul mio cielo grigio.

Venticinqu'anni!... Ed ecco la trentina
inquietante, torbida d'istinti
morbondi... ecco poi la quarantina

spaventosa, l'età cupa dei vinti,
poi la vecchiezza, l'orrida vecchiezza
dai denti finti e dai capelli tinti.

O non assai goduta giovinezza,

oggi ti vedo quale fosti, vedo

il tuo sorriso, mante che s'apprezza

solo nell'ora triste del congedo!

Venticinqu'anni!... come più m'avanzo

all'altra meta, gioventù, m'avvedo

che fosti bella come un bel romanzo!

II.

Ma un bel romanzo che non fu vissuto

da me, ch'io vidi vivere da quello

che mi seguì, dal mio fratello muto.

Io piansi e risi per quel mio fratello
che pianse e rise, e fu come lo spetro
ideale di me, giovine e bello.

A ciascun passo mi rivolsi indietro,
curioso di lui, con occhi fissi
spiando il suo pensiero, or gaio or tetro.

Egli pensò le cose ch'io ridissi,
confortò la mia pena in sé romita,
e visse quella vita che non vissi.

Egli ama e vive la sua dolce vita;
non io che, solo nei miei sogni d'arte,
narrai la bella favola compita.

Non vissi. Muto sulle mute carte

ritrassi lui, meravigliando spesso.

Non vivo. Solo, gelido, in disparte,

sorrido e guardo vivere me stesso.

작품 해설

　구이도 곳차노의 시 「대화」는 1910년 12월에 출간된 동명의 시집 『대화l Colloqui』의 제1부 〈젊은 날의 과오 Giovenile Errore〉 편에 실려 있다. 시 「대화」에서는 스물다섯이라는 한창나이에 벌써 예측된 늙음, 노년을 강조하는 자화상의 모습이 지나가고, 시인 곳차노가 즐겨 찾는 테마가 나타난다(20~22행). 이 테마는 영국 작가 오스카 와일드Oscar Wilde에게서 취한 것으로 곧 인생이 예술을 모방하는 것이지 예술이 인생을 모방하는 것이 아님을 나타낸다. 19세기 말과 20세기 초 사이에 몇몇 예술가들이 이와 같은 거짓 진리에 대고 혹은 적어도 그와 유사한 가정에 대고 맹세나 선서를 했다는 것은 문학적으로뿐 아니라 당대 생활상의 단면을 설명한다고 볼 수 있다. 시 「대화」에서는 시인 곳차노에게 어울리는 또 다른 테마가 엿보인다. 그것은 명확하고 분명한 것에 얽매이는 평범한 세속적 현실에 대한 경멸이다. 그리고 그 분명한 현실이 참다운 시적 소재가 될 만한 가치도 없다는 확신을 준다. 이윽고 마지막 행에 다다라 다시 따사로운 시선에 이른다. 곳차노의 시 세계는 일반의 평범한 생활의 명백한 현실을 싫어하면서도 동시에 그 현실에 대한 애정을 담고 있다.

눈 Neve

저 높이 빙글빙글 눈송이들 돌고

말 없는 대지의 사물들을 감싼다네.

눈물의 창조물이여

그대를 위해 미소 짓는 모습 본다네. 기쁨의

섬광이 슬픈 얼굴을 비추는데,

내 눈엔 마치 보물을 발견한 듯하다네.

저 높이서 떨어지는 눈이 우리를 덮고,

또 덮는다네, 끝없이. 집들과 교회들이

---

* 움베르토 사바Umberto Saba(1883~1957)는 당대의 시대적 흐름의 시론 에르메티즈모(소위 이탈리아 순수시운동으로 일컬어지며 모호하고 난해한 시론을 표방하는 이탈리아 현대 시의 흐름)에 역행하여, 전통적 시론으로 역류한 것은 나름대로 새로우면서 독창적인 고상한 서정시를 목표로 하고 있음을 의미한다. "투명하고 순수한 시" 다시 말해서 19세기 레오파르디와 연결되며 더 거슬러 올라가다 보면 로마의 시인 베르길리우스에게까지 연결되는 시를 쓰고자 했음을 의미하는 것이다. 사바의 시 세계의 키워드는 "삶의 고통스러운 사랑"이다. 실존 추구라는 리얼리즘의 세계를 자신의 시 화폭에 담아 매일 매일의 삶을 노래하였다. 사바의 작품 안에는 자연스러운 명상과 내면적인 자기 응시가 조화롭게 어우러져 있어서, 그의 작품을 대하는 독자들은 그가 제시해놓은 시적 화폭에 사로잡힐 수밖에 없다. 이탈리아반도의 옛 시인들, 베르길리우스, 페트라르카, 레오파르디로부터 물려받은 리듬에 덜 구속받는 시 형식을 선호하는 현대적 취향에 가까우면서도, 전통적 시 형식의 음악적 되울림이 분명하게 살아 있다. 사바는 전통적 모티브를 취하면서도 이탈리아적인 영혼에 확고하게 밀착되어 있는 시인이다.

있는 도시를 그리고 배들이 있는 항구를
하얗게 수놓는다네. 드넓게 펼쳐진
바다와 초원들마저 냉각시킨다네. 지상 세계에
그대 고귀하고 정결한 자여, 불 꺼진 별과
죽음의 커다란 평화를 만든다네. 그리고
눈은 무한한 시간 머물러,
숱한 기나긴 시간이 흐르게 한다네.
                                자각,
자각을 생각한다네, 우리 단둘이서만, 너무도
황량하게.
        하늘에는
나팔을 부는 천사들이, 가슴 아프게
괴로운 향수에 젖어, 희미한 기억들을
불러일으키며, 사랑에 목 놓아 운다네.*

---

* 　김효신, 「움베르토 사바의 시집 『Il Canzoniere』 연구」, 『이어이문학』 제2집, 한국이어이문
　　학회, 1995, 127쪽. 이하 '김효신(1995: 쪽수)'.

Neve che turbini in alto ed avvolgi

le cose di un tacito manto.

una creatura di pianto

vedo per te sorridere; un baleno

d'allegrezza che il mesto viso illumini,

e agli occhi miei come un tesoro scopri.

Neve che cadi dall'alto e noi copri,

coprici ancora, all'infinito. Imbianca

la città con le case e con le chiese,

il porto con le navi; le distese

dei prati, i mari agghiaccia; della terra

fa' — tu augusta e pudica — un astro spento,

una gran pace di morte. E che tale

essa rimanga un tempo interminato,

un lungo volgere d'evi.

                    Il risveglio,

pensa il risveglio, noi due soli, in tanto
squallore.

      In cielo
gli angeli con le trombe, in cuore acute
dilaceranti nostalgie, ridesti
vaghi ricordi, e piangere d'amore.

작품 해설

움베르토 사바는 1883년 트리에스테Trieste에서 출생하여, 1957년 고리치아Gorizia에서 사망했다. 사바는 자신이 태어나기도 전에 어머니를 버린 얼굴조차 알지 못하는 아버지에 대한 그리움과 어머니의 가난하고 불쌍한 삶에 대한 고통을 한꺼번에 느끼며 성장하였다. 어머니를 버린 아버지이지만 그를 자유롭고 모험심 많은 사람으로 상상하여 아버지에 대한 본능적인 찬미를 퍼부었고, 반면에 트리에스테 유대인 거리에서 온갖 삶의 부담을 짊어지고 살아가야 했던 어머니에 대한 애착과 연민의 감정이 가득했던 슬픈 유년기의 추억들과 아드리아 해의 여러 항구 사이를 오가며 모험심을 키웠던 청년기의 추억들이, 한결같은 고집으로 일관된 그의 시 세계의 주요 모티브들의 근간이 되어 왔다. 그의 대표 시집은 그의 전체 시작품들을 모두 포함하고 있는 『칸초니에레(노래 모음집) Il Canzoniere』(1900~1954)를 가리킨다. 사바의 시 「눈」은 이 시집의 제3권 〈낱말들Parole〉(1933~1934) 편에 실린 작품이다.

사바의 시 「눈」은 삶의 "고통스러운 사랑"을 모티브로 하는 전형적인 사바의 작품이다. 눈이 내리고, 모든 삼라만상 위에 침묵이 퍼진다. 시인 아내의 얼굴이 예상하지 못했던 기쁨으로 빛나고 있는데 시인의 마음엔 우주적 허무에 대한 열망이 피어오른다. 이러한 열망과 더불어 시인이 평화를 갈구하다 지쳐버린 또 다른 열망이 용해된다. 이윽고 시인은 꿈을 꾼다. 불 꺼지고 황량한 그 대지 위에서 자신과 아내의 부활을 꿈꾼다. 죽음으로 정화된 어느 세계에 아내와 함께하는 기쁨으로 충만한 꿈을 꾸는데, 바로 이때 시인의 마음 안에 괴로운 생각들이 다시 밀려오고, 가슴 아픈 추억들이 되살아난다. 늘 그렇듯 만족하지 못하는 사랑의 눈물이 시인에게 되돌아온다. 삶의 고통이 다시 피어오르고 삶의 고통스러운 사랑이 다시 제 모습을 드러낸다.

율리시즈_{Ulisse}

움베르토 사바

내 젊은 시절 달마치아 해안을 따라
나는 항해를 했다네. 파도 넘실거리는 위로
작은 섬들이 모습을 드러내곤 했다네. 그곳에는 아주 드물게
새 한 마리가 먹이 사냥에 열중하여 머무르곤 했다네,
해초들로 뒤덮인 채, 반들반들한 것이, 햇빛에
마치 에메랄드처럼 아름다웠다네. 만조와
밤이 찾아와 그 섬들이 사라질 때면, 돛이
바람 부는 대로 점점 더 멀리 나아가
그 함정에서 벗어나고자 한다네. 오늘 나의 왕국은
어느 누구의 땅도 아니라네. 항구는
다른 이들에게 자신의 불빛을 밝히고, 나를
길들여지지 않은 영혼과 삶의 고통스러운
사랑이 아직도 저 멀리 몰아넣는다네.*

---

* 　김효신(1995: 128).

Nella mia giovanezza ho navigato
lungo le coste dalmate. Isolotti
a fior d'onda emergevano, ove raro un uccello
sostava intento a prede,
coperti d'alghe, scivolosi, al sole
belli come smeraldi. Quando l'alta
marea e la notte li annullava, vele
sottovento sbandavano più al largo,
per fuggirne l'insidia. Oggi il mio regno
è quella terra di nessuno. Il porto
accende ad altri i suoi lumi; me al largo
sospinge ancora il non domato spirito,
e della vita il doloroso amore.

작품 해설

움베르토 사바의 시 「율리시즈」는 시집 『칸초니에레』 (1900~1954)의 제3권 〈지중해의 시들Mediterranee〉 (1945~1946) 편에 실린 아름다운 서정시이다. 이 시는 무운의 11음절 시이다. 시 「율리시즈」 역시 시 「눈」처럼 삶의 고통스러운 사랑이 시의 서정적 핵심을 이룬다. 사바는 율리시즈의 이미지 안에서 자기 자신을 표현한다. 그리고 옛 항해자의 끝없는 갈망 속에서 자기 자신의 이야기를 드러낸다. 젊은 시절의 항해에 관한 이야기는 상징적인 의미를 띤다. 쓸쓸하고 위험한 작은 섬들은 삶의 이미지이다. 고독과 가혹한 고통으로 느껴지는 삶, 그럼에도 불구하고 그 삶의 매력에 끌려 사랑하고야 마는 것이 바로 그 삶의 이미지이다. 자각하는 성숙한 나이에도 여전히 그 외로운 섬들을 향수에 사로잡혀 탐구한다. 남성적 침착함으로, 고독과 투쟁의 운명을 받아들인다. 그 외로운 섬들을 거쳐야 하는 위험한 항해 안에서, 용기를 내서 직접 체험하여 겪었던 고통 속에서, 시인은 인간에 대한 최상의 존엄성을 느낀다. 삶의 항구는 다른 사람들에게 기쁨과 평화를 선사한다. 다른 이들은 각자 자신의 불을 밝혀 나름대로 확신에 찬 삶을 살아간다. 비록 그것이 무기력한 순응주의일지라도 말이다. 반면에 시인의 길들여지지 않은 영혼은 진실한 도덕의식에 사로잡혀, 삶의 확실한 의미를 발견한다. 삶의 목표가 멀리 있건, 도달할 수 없건 상관하지 않는다. 삶은 사랑과 고통의 영원한 대립 관계 안에 존재한다. 그러나 이러한 사실 속에 존재하는 슬픔보다는 시인으로 하여금 보다 숭고한 목표를 탐구하도록 몰아붙이는 길들여지지 않은 영혼의 존엄함을 느낀다.

2월의 저녁Sera di Febbraio

움베르토 사바

달이 두둥실 떠오른다.
가로수 길에는 아직도
환한데, 재빨리 지는 저녁이어라.
무심한 젊음이 마주친다.
빈약한 목표설정에 방황한다.
그리고 죽음에 대한
상념은, 그러니까, 결국엔, 살도록 도와준다.*

---

* 김효신(1995: 130).

Spunta la luna.

                        Nel viale è ancora

giorno, una sera che rapida cala.

Indifferente gioventù s'allaccia;

sbanda a povere mète.

                        Ed è il pensiero

della morte che, in fine, aiuta a vivere.

작품 해설

움베르토 사바의 시 「2월의 저녁」은 시집 『칸초니에 레』(1900~1954)의 제3권 〈마지막 사물들Ultime cose〉 (1945~1946) 편에 실린 짧은 서정시이다. 이 시는 11음 절 시인데, 1행과 4행이 시인의 의도에 따라 인쇄상 두 부분으로 나뉘어 있다. 이는 시행의 중간에 설정한 명상적인 휴지부를 더 효과적으로 강조하려는 것이다. 사바의 말년의 시들은 서정적 명상적인 요소들이 두드러지는 작품들로서, 단절된 삶, 근본적인 이유로 인해서 축소되는 삶 그리고 슬픈 남성적 고뇌로 명상하는 삶을 생각하게 한다. 시 「2월의 저녁」은 온통 사물 안에 침잠된 삶에 대한 종합적인 명상을 하게 하는 작품 중 하나이다. 시인은 목적을 정하지 못하고 방황하던 청춘의 삶은 그 시인에게 자신의 옛 삶의 변천하는 모습의 의미를 다시금 생각하게 해준다. 그리고 갑자기, 모든 이들의 삶의 도덕적 관념, 즉 역설적으로 죽음이 우리를 살도록 도와준다는 것으로서, 우리의 운명적인 쇠락의 의의는 고통스러운 사랑으로써 우리 자신을 삶의 고뇌에 사로잡히게 하며, 동시에 평화라는 마지막 약속으로써 우리를 위로한다는 것이다.

암염소 La Capra

움베르토 사바

나는 어느 한 마리 암염소에게 말했다.
그 암염소는 초원 위에 혼자였고, 묶여 있었다.
풀로 배를 채우고, 비에
젖은 채, 울고 있었다.

그 울음소리는 나의 고통과
형제 같았다. 그리하여 나는 대답했다, 처음엔
재미 삼아, 이윽고 고통이 영원하기에.
한목소리를 가졌고 여러 소리 낼 줄은 모른다.
이 목소리는 외로운 암염소 안에서
신음하는 소리로 느껴지곤 했다.

유대인 얼굴을 한 암염소에게서
모든 다른 불행이 한탄으로 이어짐을 느끼곤 했다,
모든 다른 삶까지도.*

---

* 김효신(1995: 140).

Ho parlato a una capra.
Era sola sul prato, era legata.
Sazia d'erba, bagnata
dalla pioggia, belava.

Quell'uguale belato era fraterno
al mio dolore. Ed io risposi, prima
per celia, poi perché il dolore è eterno,
ha una voce e non varia.
Questa voce sentiva
gemere in una capra solitaria.

In una capra dal viso semita
sentiva querelarsi ogni altro male,
ogni altra vita.

작품 해설

움베르토 사바의 시 「암염소」는 시집 『칸초니에레』 (1900~1954)의 제1권 〈집과 전원Casa e campagna〉 (1909~1910) 편에 실린 13행으로 된 짧은 서정시이다. 사바의 시를 좋아하는 비평가들은 사바의 시집에서 5수의 서정시들로 구성된 〈집과 전원〉 편을 최고의 시적 가치로 평가한다. 그런데 이 5수의 서정시 중 가장 유명한 시이자, 가장 많이 애송되는 시가 바로 「암염소」이다. 이 시 역시 삶의 보편적인 고뇌와 고통 속에서 인간의 세계와 동물의 세계 사이의 유사한 관계에 근거한 것이다. 배가 부른 암염소, 그러나 자유는 박탈당했고 고독하게 홀로 있는 존재이다. 암염소가 빛도 없는 어두운 곳에서, 억압적이고 가혹한 고통의 상징이 되는 비가 오는 음산함 속에서 우는 소리는 시인에 의해 마치 형제의 목소리로 다가온다. 더 나아가서 모든 존재, 모든 생명의 비참함과 불행의 표현으로 느껴진다. 시 「암염소」는 인간과 동물이 같이 공유하는 고통을 이야기하고 있다. 여기서 시인은 암염소의 얼굴에서, 아주 분명하게, 시인 자신도 역시 속하는 유대인의 신체적인 특징들을 보며, 더욱이 수 세기를 통해 특히 전체주의, 파시즘 국가들에서 행해진 인종차별정책이라는 악행으로 인해 그의 조상들이 겪었던 고통과 박해의 역사를 기억한다. 이 시의 마지막 3행은 정치적 인간들의 잔인함에 대항해 슬프게 저항하는 모습을 담은 것이다. 저항의 가치는 간결한 시구에 시인 자신과 직접 관련된 사항은 언급하지 않고, 오로지 모든 인류에게 가해진 모독에 대해서만 말하고 있음에 있다. 움베르토 사바의 시 「암염소」는 인류 고통의 보편성을 대변하고 있는 수작이다.

우리들의 시간 L'Ora Nostra

움베르토 사바

하루의 시간 중에 저녁보다 더 아름다운
시간을 아는가요? 그렇게 더
아름답건만 그다지 사랑받지 못하는 것도? 저녁은
바로 한가로운 생활의 시작이라네.
하루의 일이 마무리되는 시간. 그리고
사람들은 거리마다 물결치고 있다네.
집집마다 정방형 맷돌 위로
희미한 달이, 청명한 하늘에
보일 듯 말 듯한 달이 떠오네.

이 시간은 그대가 사랑하는 도시를 향유하고자
전원을 떠나곤 했던 시간.
반짝이는 해안에서 아름다운 조화를
이루고 있는 다양한 모습이 산에 이르기까지.
꽉 찬 나의 인생이 강처럼
자신의 바다로 흘러가는 시간.
그리고 나의 상념, 군중들의 경쾌한

발걸음, 높은 사다리 꼭대기에 있는
공예가들, 요란스레 덜커덩거리는 마차 위로 뛰어오르려는
아이들, 모두 움직이는 가운데
정지된 것처럼 보이고, 이 모든 시간의 흐름은
움직이지 않는 것처럼 보인다네.

위대한 시간이라네, 그 시간은 우리 인생의
추수기를 함께 할 시간.*

Sai un'ora del giorno che più bella
sia della sera? tanto
più bella e meno amata? È quella
che di poco i suoi sacri ozi precede;
l'ora che intensa è l'opera, e si vede
la gente mareggiare nelle strade;

---

* 　김효신(1995: 157~158).

sulle moli quadrate delle case
una luna sfumata, una che appena
discerni nell'aria serena.

È l'ora che lasciavi la campagna
per goderti la tua cara città,
dal golfo luminoso alla montagna
varia d'aspetti in sua bella unità;
l'ora che la mia vita in piena va
come un fiume al suo mare;
e il mio pensiero, il lesto camminare
della folla, l'artiere in cima all'alta
scala, il fanciullo che correndo salta
sul carro fragoroso, tutto appare
fermo nell'atto, tutto questo andare
ha una parvenza d'immobilità.

È l'ora grande, l'ora che accompagna
meglio la nostra vendemmiante età.

작품 해설

움베르토 사바의 시 「우리들의 시간」은 시집 『칸초니에레』(1900~1954)의 제1권 〈트리에스테와 어느 여인 Trieste e una donna〉(1910~1912) 편에 실린 서정시이다. 사바의 서정시는 자기 자신의 분석과 묘사, 인물과 외부적인 현실, 특히 고향 트리에스테의 도시적인 면과 자연의 묘사에 큰 비중을 둔다. 그러한 묘사를 통해서 시인 사바는 반성과 열정의 기회를 얻고, 기쁨과 고통의 기회를 얻는다. 이러한 묘사가 간접적으로 아름답게 이루어진 시가 「우리들의 시간」이다. 이 시에서 늦은 오후의 태양 빛은 이미 스스로 와해될 준비는 하고 있을지라도 여전히 강하고 활동적인 빛으로 표현된다. 늦은 오후를 지나 저녁이 시작되는 시간이 사바에게는 의미 있는 시간이다. 시인은 스스로 예외적인 취향이나 예외적인 욕망을 드러내지 않고, 평범한 일반 사람들 같은 한 사람으로 노래한다. 시인 스스로 도시의 상업에 종사하는 소시민 계층의 의무와 기쁨에 충실히 응하는 평범한 한 사람이라고 생각한다.

폭격Bombardamento

필립보 톰마소 마리네티*

5초마다 대포들 공격 공간을 허문다

탐-툼(쿵-쾅) 한 방에 500 메아리 폭동을

잠재운다 산산히 가루로 만든다 흩어지게 한다

끝도 없이

      그 산산이 부서진 탐-툼(쿵-쾅) 한가운데에서

(넓이 50제곱킬로미터) 튀어 오르며 날뛴다 폭발

절단 주먹질 포대들 재빠른 사격 폭력 흉폭

규칙성 이 낮고 묵직한 소리가 전쟁으로 너무 혼란스러운

예민한 낯선 미치광이들 운율 맞춘다 격노 괴로움

      귀들   눈들

      콧구멍들   긴장한 채 열려 있다

모두 모두 보고, 듣고, 냄새 맡는다는 기쁨이 얼마나 큰가 힘을

---

* 미래주의의 기수 필립보 톰마소 마리네티Filippo Tommaso Marinetti(1876~1944)는 역사적 〈미래
주의 선언〉의 출발점을 의미하는 시인이다. 1909년 2월 20일 프랑스 파리의 신문『르 피가로』
에 프랑스어로 된 기고문「미래주의Le Futurisme」를 게재하는 행위를 통해서 역사적 〈미래주의
선언〉을 발표하였고, 이탈리아어로는『포에지아Poesia』2월, 3월호에 〈미래주의의 기초와
미래주의 선언Fondazione e Manifesto del Futurismo〉을 소개하였다. 이렇게 시작된 미래주의 운동
은 말 그대로 역동성과 혁명성을 강조하는 예술운동이다. 또한 "이탈리아에서 태동한 미래주
의는 '대중'과 소통하고자 했던 최초의 예술운동"이기도 했다.

내라

　타라타타타타 기관총들소리 온 힘을 다해 비명을 지른다

　재갈 아래 따아귀들 트라악-트라악 채찍질들 픽-팍-

　품-툼 변덕스러우움 일제사격의 200미터 높이

　뛰기들 오케스트라의 저 깊은 아래 아래로

　　　　잠긴다　　　　　　　　버팔로 황소들 회초리들

　　　마차들 플룹 플랍　　　　　말들이 뒷발을 들어 날뛴다

플릭 플락 징 징 쉬야악 유쾌한 말울음소리 이이이힝… 발을 끌며

걷는 것 딸랑딸랑 소리들 불가리아의 3 보병대대 행진을 하고

크로오크-크라아크　　　　[두 템포로 천천히]　　　　　　　슈미

마리차 혹은 카르바베나 크로오크-크라아크 소리친다 몇몇 장

교들 쾅울리이이는소리이이다 마치 노웃쇠 저업시들처럼 팡 여

기서　파아악　저기서　칭　부우움　칭　챡　　[빨리]

챠챠챠챠챠아악　저기 저 아래 위로　위쪽을　빙　둘러　머리

에　주의　집중　챠아악　멋지다　　　　　　　　　섬광

　　　　　　　　　섬광

섬광　　　　　　　　　　　　　　　　　　　섬광

섬광　　　　　　　　　　　　　　　　　　섬광
　　　　　섬광　　　　　　　정예부대원들의　무대　그
　　　　　　섬광
　　　　　　섬광

연기　뒤로　슈크리　파샤　　의사소통한다　전화
상으로　　27 정예부대원들과　터키어로　독일어로　여보세요
이브라힘　루돌프　여보세요　여보세요　(……)*

Ogni 5 secondi cannoni da assedio sventrare spazio
con un accordo tam-tuuumb ammutinamento di
500 echi per azzannarlo sminuzzarlo sparpagliarlo
all'infinito
nel centro di quei tam-tuuumb spiacciccati
(ampiezza 50 chilometri quadrati) balzare scoppi

* 　김효신, 「마리네티의 미래주의 시 소고」, 『이탈리아어문학』 제31집, 한국이탈리아어문학회,
　　2010b, 66~67쪽. 이하 '김효신(2010b: 쪽수)'.

tagli pugni batterie tiro rapido Violenza ferocia
regolarità questo basso grave scandere gli strani
folli agitatissimi acuti della battaglia Furia affanno

    orecchie   occhi

    narici   aperti attenti

forza che gioia vedere udire fiutare tutto tutto
taratatatata delle mitragliatrici strillare a perdifiato
sotto morsi schiaffffi traak–traak frustate pic–pac–
pum–tumb bizzzzarrie salti altezza 200 m. della
fucileria Giù giù in fondo all'orchestra stagni

    diguazzare   buoi buffali pungoli

    carri pluff plaff   impennarsi di cavalli

flic flac zing zing sciaaack ilari nitriti iiiiiii... scal-
piccii tintinnii 3 battaglioni bulgari in marcia
croooc–craaac [LENTO DUE TEMPI] Sciumi
Maritza o Karvavena croooc craaac grida degli uffi-
ciali sbataccccchiare come piatttti d'otttttone pan di

qua paack di là cing buuum cing ciak [*PRESTO*]
ciaciaciaciaciaak su giù là là intorno in alto atten-
zione sulla testa ciaack bello   Vampe

vampe

vampe   *vampe*

vampe   *vampe*

vampe   ribalta dei forti die-

vampe

vampe

tro quel fumo Sciukri Pascià comunica telefonica-
mente con 27 forti in turco in tedesco allò
Ibrahim Rudolf allô allô (······)

작품 해설

필립보 톰마소 마리네티는 1876년 12월 22일 이집트 알레산드리아에서 태어났고, 1944년 이탈리아 벨라죠 Bellagio에서 사망했다. 어려서부터 반항아적인 기질의 소유자였던 청년 마리네티는 당시 금서목록에 끼어 있던 에밀 졸라의 소설들을 예수회 소속의 기숙학교에 반입하기도 했는데 이 이유로 학교에서 쫓겨나게 된다. 이윽고 1893년에는 파리에서 소르본느 대학을 다니며 프랑스 시를 탐닉했다. 파리에서 대학과정을 마친 마리네티는 이탈리아로 건너가 부친의 뜻을 따라 법률 공부를 하고 정식 학위를 받는다. 이 와중에도 식지 않는 그의 문학에의 열정은 어떻게 해서든 자신을 문학과 관련된 일에 참여하게 하였다. 그리하여 1987년 10월 20일에 창간호를 발간한 잡지 『앙톨로지 르뷔Anthologie-Revue』의 동인 활동을 하기 시작했고, 1898년 9월 20일에 발간된 『앙톨로지 르뷔』12호에 마리네티가 자유시 형식으로 지은 시 「늙은 선원들Les Vieux Marins」이 소개된다. 이 시는 후에 〈민중의 토요일Samedis Populaires〉 문학상을 수상하고 문화계의 관심을 끌게 된다. 1900년부터 마리네티는 본격적으로 문학에 전념하기로 한다. 1909년 〈미래주의 선언 Manifesto du Futurisme〉을 세상에 공표하고, 1912년 〈미래주의 문학 기법 선언문Manifesto tecnico della Letteratura Futurista〉을 공표하였다. 1913년에는 「문장론의 파괴Distruzione della sintassi」, 「자유 낱말들Parole in libertà」 등의 글을 썼고, 이 기준에 따라서 1914년 자유산문시 『장 툼 툼Zang Tumb Tumb』을 출간했다. 이 시편의 아드리아노플(지금의 에디르네) 공격에 대한 마지막 부분이 여기에 소개된 시 「폭격」이다. 이 시의 실제 창작연대는 아드리아노플에서 1912년 10월이고, 출판은 2년 뒤 1914년에 이루어졌다. 장 툼 툼은 마리네티의 기병마의 이름이었다. 이 시는 1912년 터키와 발칸연합국 사이에 분쟁이 있었던 기간 동안 신문 사회면의 기사처럼 창작되었기에 사건과의 동시성을 잘 드러내 주고 있다. 이 당시 마리네티는 프랑스 일간지 『질 블라Gil Blas』의 전쟁특파원으로 파견되어 있었다. 시 「폭격」은 폭격이 있는 당시의 폭발

상황이나 전쟁의 다른 소리를 재생산해내는 의성어들이 다량 사용되고 있다. 마리네티는 특히 이 의성어들을 중심으로 타이포그래피 실험을 하였다.

네, 네, 그래요, 바다 위 여명

Sì, sì, così, l'aurora sul mare

필립보 톰마소 마리네티

3 부식한 그림자들 대항해서
　　　　　　　　새벽에
바람들을 멀리멀리 바다는 작업하며 반죽하고 있네 그처럼 근육들과
　　　피를 아우로라_{Aurora}*를 위해

　　동쪽　　　　비스듬히 노란 빛

　　　　　　　　　　　　　그리고
　　　　　　　　　어느 초록빛 얼음

미끄러지고 있는데

　　　　　　　　　　　　　그리고

북쪽　　　어느 뻔뻔스럽게 빨간
　　　단단한 유리 같은 소음

그리고 어느 회색빛 망연자실
분홍빛 구름들은 머나먼 쾌락들이다
　　선홍색 팡파르들　　　　진홍색 폭발음들
　　　　희미한 게 아니요 회색이　　파란색 징
　아니오　　　네
　　　　아니오
　　　　네

---

*　여인의 이름, 여명, 새벽.

213

                           네
       네   네
                                    네
                       네
           울리는 노랑
                               회색들의 놀라움
   진주들 모두는 말한다   네

           유혹하는 정박지들의 청록빛 설득력 있는
   사고들

           바다의 보랏빛 매끄러운 넓은 판들이 열정에
     떨리운다
           한 줄기 빛이 암석들 사이로 튀어 오른다
           놀라움이 바다의 정맥들 안에서 웃기 시작
   한다

                   어느 푸른 구름의 위기 수직으로 내 머리
     위에

                   파도의 예리한 프리즘 현상들 모두가 이성을
   잃어버린다
           빨강색들의 유인책들
           아니오
               아니오
                   아니오

　　　　　　　　네

　네

　　네
　　빛과 그림자들의
　　　　탄력 있는 그네
　　　　　　순수하게

　　　널찍하게 휴식

　　　　　　　불만족한 어슴푸레함
　　　　불 밝힌 베일 하나
　　　　　전율하는 수평선을 넘어 간다

　　　　황금빛 울림

　　태양이 삼킨 그 정박지에 세 그림자들의 회
오리 ― 입 핏빛 치아들 황금빛 기나긴 미풍들 바다를
마시고 바위들을 깨문다

　　　　네　　단순하게
　　　　　　네
　　　　　경쾌하게

　　　　고요하게
　　　　그대로

또 다시
　　　더욱더
한 번 더

더 좋아요　　그대로*

3 ombre corrosive contro
　　　　　　　　　　l'ALBA
i venti via via lavorando impastando il mare così muscoli
e sangue per l'Aurora

　　　EST　　　　luce gialla sghimbescia

　　　　　　　　　　　　　　　　　Poi
　　　　　　　　　　　　　un verde diaccio
slittante

　　　　　　　　　　　　　　　　　Poi

NORD　　un rosso strafottente
　　rumore duro vitreo

---

* 　김효신(2010b: 70~72).

Poi un grigio stupefatto
Le nuvole rosee sono delizie lontane
  fanfare di carminio   scoppi di scarlatto
    fievole no grigio   tamtam di azzurro
No Sì
  NO
   Sì
     sì
   sì   sì
        Sì
      Sì
  giallo reboante
          Meraviglia dei grigi
Tutte le perle dicono Sì

    Ragionamenti persuasivi verdazzurri delle rade
adescanti
    I Lastroni lisci violacei del mare tremano di
entusiasmo
    Un raggio Rimbalza di roccia inroccia
    La meraviglia si mette a ridere nelle vene del
mare
     Rischio di una nuvola blu a perpendicolo sul
mio capo

Tutti i prismatismi aguzzi delle onde impaz-
ziscono

Calamitazioni di rossi

no

    no

        no

                  Sì

Sì

           Sì

           altalena soffice

                  dei chiaroscuri

                        Puramente

           Riposo al largo

                            penombra insoddisfatta

           Una vela accesa

              scollina all'orizzonte che trema

ROMBO D'ORO

risucchio di tre ombre in quella rada mangiata dal
Sole — bocca denti sanguigni bave lunghe d'oro che beve
il mare e addenta rocce

Sì   semplicemente
Sì
elasticamente

pacatamente
COSÌ

ancora
ANCORA
ANCORA

MEGLIO   COSÌ

작품 해설

　　마리네티의 시 「네, 네, 그래요, 바다 위 여명」은 시집 『새로운 미래주의 시인들I nuovi poeti futuristi』(1925)에 실려 있다. 시 「네, 네, 그래요, 바다 위 여명」은 한층 기교 면에서 발전한 작품이라고 볼 수 있다. 시 「폭격」이 주로 의성어들을 사용하여 전쟁의 소음 그 자체를 드러내려고 했던 반면, 시 「네, 네, 그래요, 바다 위 여명」은 바로 우리 눈앞에 펼쳐진 바다 위 새벽의 전경을 화가가 화폭에 그려내듯 그렇게 눈에 익숙한 낱말들로써 시각적인 효과를 잘 드러내고 있다. 이 시는 회화시의 전형이라고 볼 수 있다. 시 「폭격」이 〈미래주의 선언〉의 전쟁 예찬의 현장에 있는 시라고 한다면, 이 시는 새벽에 동트는 풍광을 세밀화를 그리듯 사물의 이미지들을 그대로 쫓아가면서 긴장감 넘치는 분위기로 몰고 간다. 마치 다양한 악기들을 연주하는 오케스트라를 지휘하듯 시인 마리네티는 무질서한 듯하지만, 내부적으로 일사불란하게 정리되어 있는 시 악보를 펼친다. 시 「네, 네, 그래요, 바다 위 여명」은 나름 시 「폭격」에 비해 시적 기교가 진일보하기는 했으나, 지나치게 억지스러운 의도가 눈에 두드러진다는 점과 타이포그래피 특성이 발전한 면을 보여주면서 "자유 낱말" 시의 최고점임을 증명하는 동시에 역설적이게도 그 끝을 예고해주고 있다.

과거의 군대 사령관 벤토 부르베로에 대항하여

Contro il Vento Burbero comandante delle Forze del Passato

필립보 톰마소 마리네티

(……)
엔진을 당기임. 어서 가거라아. 해방된다. 골격진 불구
고독의 앙상하게 마른 팔들로부터 또 그 고독의 쓰디쓴 풀들로 된
단단한 엽액으로부터 떨어져 나간다.

르르르르르

사랑하아아아안다

_____

(……)
달린다. 아주 느리게 낮잠을 잔다. 빠른 오후가 재촉한다.
달아나는 도둑들의 어깨 위에 두 개의 추시계들처럼 꾸벅꾸벅
졸면서 올리브 가득 실은 노새들과 더불어 황혼의 핏빛
물든 착유장에 우리는 다다른다.

조금씩 조금씩 어서 어서 어서
조금씩 조금씩 아래로 아래로 아래로

우주 아이스크림 맛 나는 고원.
부리를 열고 날개들을 펼쳐라. 명상하라.

넓어진다는 것

높은 곳에 대한 자부심

날아다니는 순결함

*

(……)

---

* 김효신(2010b: 78~79).

(......)
Strrrappo del motore. Viaaa. Svincolarsi. Staccarsi dalle
magre braccia della solitudine sbilenca ossuta e dalle sue
ispide ascelle di erbe amare.

rrrrr

amaaaaare

(......)
Correre. Lentissimo meriggio. Rapido pomeriggio incal-
zante. Sonnecchiando come due orologi a pendolo sulle
spalle di ladri fuggenti, giungiamo colle mule cariche d'oli-
ve al frantoio sanguinoleoso del tramonto.

                                          a poco a poco su su su

                          a poco a poco giù giù giù

Pianoro saporito gelato di spazio.
Aprire il becco e le ali. Contemplare.

                                                      Dilatarsi

                                      Orgoglio delle altezze

                                          volante verginità

(......)

작품 해설

마리네티의 시 「과거의 군대 사령관 벤토 부르베로에 대항하여」는 시집 『재빠른 스페인 그리고 미래주의적 황소Spagna veloce e toro futurista』(1931)에 실려 있다. 시 「과거의 군대 사령관 벤토 부르베로에 대항하여」는 시 「폭격」, 시 「네, 네, 그래요, 바다 위 여명」과는 다른 차이점이 확연히 드러난다. 그중에서 〈미래주의 문학 기법 선언문〉에서 강조했던 문장론의 파괴와 구두점 제거가 이 작품에서는 전혀 실천되고 있지 않다. 문장론은 살아났고, 구두점은 완벽하게 추가되었으며, 의성어 기법은 간혹 눈에 띌 뿐이고, 타이포그래피 특징 역시 구색을 갖추기 위해 억지로 꿰어 맞춘 느낌으로 다가온다. "자유 낱말" 시의 정점 「네, 네, 그래요, 바다 위 여명」 이후, 마리네티의 시는 아방가르드적인 시적 긴장감 및 진취성을 상실하기 시작했고, 1910년대, 1920년대 마리네티의 시들이 〈미래주의 문학 기법 선언문〉의 규칙을 나름 철저히 지키고자 했다고 한다면, 그 이후의 시들은 그것이 비록 같은 "자유 낱말" 시들일지라도 이미 그 규칙들을 파기하고 스스로 자신이 만든 미래주의 시에 대한 잣대를 변경했다고 볼 수 있다. 왜냐하면, 시 「과거의 군대 사령관 벤토 부르베로에 대항하여」 역시도 "자유 낱말" 시로 스스로 구분하고 있기 때문이다. 〈미래주의 문학 기법 선언문〉에서 강조한 바 있는 "이미지 혹은 유추의 망이 긴밀한 구조"가 더 이상 긴밀하지 않고, 시인은 "최대한의 무질서에 의해 이미지들을 배치해야 할 필요"조차 느끼지 못하고 있다. 다시 말해서 이 시를 통해서 마리네티 자신은 나름대로 시적 변화를 추구한 것으로 평가할 수 있다. 시각적인 효과가 절제되어 있고, 타이포그래피 실험은 안정을 찾은 것이다.

이탈리아의 시 연대기적 소고*

김효신

1. 들어가는 말

이탈리아 문학사 속에서 이탈리아의 시는 그 어떤 장르보다도 문학적 전통에 강하게 접목되어 있다. 일반적으로 이탈리아 문학사가 13세기부터 시작되었다고 하면 이탈리아의 문학적 전통이 그리 길지 않다고 생각할 수도 있다. 그러나 로망스어 문학의 전통이 라틴 문학과 중세 문학으로까지 거슬러 올라간다는 점을 상기한다면 이탈리아 문학의 전통에 대한 긴 호흡을 추적하는 것은 그리 어려운 일이 아닐 것이다.

시 형식으로 전해 내려오는 수많은 시가(詩歌)는 이탈리아반도 안에서 역사를 따라 다양한 모습으로 표출되어왔다. 여기서 이탈리아라는 현대적 개념의 국가에 국한하지 않으며, 이탈리아어로 된 노래들에 국한하지 않아야 노래 전통이 고대로까지 확장된다. 로마제국의 중심지에서 멀리 떨어져 있던 나라들은 라틴어 전통에

---

* 『이탈리아어문학』 제30집, 한국이탈리아어문학회, 2010.

덜 얽매여 있었고 자유로웠다고 할 수 있다. 더욱이 서로마제국의 멸망 이후 문화적 이탈 현상은 이탈리아반도보다는 이웃 다른 나라에서 두드러졌다. 의외로 이탈리아반도는 고대 라틴어와 중세 라틴어의 지배 그늘 아래, 프랑스나 영국, 독일에 비해 정치 행정적 압력과 종교적 압력이 가장 드셌던 곳이었기에, 고대 라틴 문학의 전통은 우리가 알고 있는 이상으로 강했으며, 중세의 종교 철학과 종교 관련 글들 역시 중세 라틴어의 강력한 울타리로 작용하였다. 그래서 자유로운 분위기의 프로방스 문학 같은 전통이 이탈리아반도에서는 약할 수밖에 없었으며, 오히려 이와 같은 다른 지역의 자유로운 문학에 영향을 입어서 이탈리아어로 된 노래들이 생겨날 수 있었다.

본 글은 이러한 이탈리아의 문학적 전통, 특히 시적 전통에 대한 연대기적 개괄과 더불어 대표적인 작품을 소개하고자 한다. 이 작업을 통해서 이탈리아 문학사 속에 강하게 접목되어있는 시 전통을 살펴보고 작품 안에서 구체적으로 어떻게 드러나고 있는지를 간략하게나마 정리해보고자 한다.

2. 고대 로마의 시

로마 이전에 이탈리아반도에 정착하여 문화를 꽃피운 최초의 민족은 멀리 소아시아, 즉 지금의 중동지방에서 이주해온 '에트루리아' 족이다. 이 에트루리아 문명이 로마에 끼친 영향 중 그 첫 번째는 그리스에서 배워 간 알파벳을 에트루리아식으로 고쳐 쓰다가 이것을 다시 로마인에게 가르쳐 주었다는 것이다. 에트루리아식으로 고쳐진 알파벳을 로마인, 즉 라틴족이 배워서 '로마자'가 시작되었다. 에트루리아인들은 그리스에서 글자만 배워 간 것이 아니라, 호메로스의 '일리아드'와 '오디세이' 등도 얻어 갔으므로, 그 안에 담겨있는 수많은 신의 이야기, 즉 인간의 모습과 성격을 가진 그리스의 신화가 에트루리아인들의 손을 거쳐 이탈리아 땅에 전파됨으로써 로마의 신화 역시 그리스 신화와 거의 비슷하게 되었다. 이밖에도 에트루리아로부터 로마에 전해진 것은 서양 작명법, 격투기, '토가'라는 로마 귀족들의 의상 등이었다. 또 우리가 흔히 알고 있는 로마식 건축으로 알고 있는 '아치'는 에트루리아인들이 메소포타미아 지방에서 이미 사용되고 있던 '아치' 형태를 이탈리아반도에 건설하면서 로마인들에게 전해준 것이다. 그리스 문화를 이탈리아반도에 옮겨온 전달자 역할을 하였던 에트루리아인들이었기에 그들이 불렀던 노래들은 고대 동방의 노래들이거나 아니면 그리스 노래들을 에트루리아식 알파벳으로 표시한 것이었다.

로마 건국신화의 두 주인공 로물루스와 레무스라는 '늑대 젖을 먹는 쌍둥이 형제' 이야기를 시작으로 이탈리아반도의 새 주인이 되는 로마 시대 수많은 라틴 시인들이 '로마자'를 사용하여 노래를 불렀다. 그런데 이탈리아반도의 테베레 강 유역에서 작은 도시국가로 시작했던 로마는 에트루리아를 복속시키고 그 문화를 자기의 것으로 취했으며, 이를 시작으로 계속된 영토 확장과 문화적 영향력을 막강하게 키워갔다. 그리하여 지중해 일대를 통일하고 광대한 제국 통치의 엄청난 현실적 과업에 몰두해야만 했던 로마인들에게는 문학, 예술, 학문 등 심미적이며 사색적인 분야에 탐닉할 여유가 없었다. 로마인들에게는 고매한 이상의 추구보다는 냉엄한 현실을 어떻게 이겨내느냐가 문제였다. 그리하여 로마인들이 문학, 예술, 학문의 분야에서 그리스 문화와 헬레니즘 문화를 모방하고 계승하는 데서 크게 벗어나지 못했던 것도 무리가 아니다.

고대 로마의 노래는 기원전 209년경 나이비우스Naivius가 쓴 서사시 「포에니 전쟁」에서 시작된다. 당시 이탈리아반도는 한니발 군대의 점령하에 있었다. 나이비우스는 제1차 포에니 전쟁을 주제로 서사시를 노래함으로써 카르타고와 싸우는 로마군인들, 더 나아가서 로마인들의 애국심을 일깨우고자 했다.

'로마 문학의 아버지'로 불리는 엔니우스Ennius는 기원전 239년 그리스의 영향을 가장 많이 받은 타렌툼 가까운 곳에서 태어났다. 엔니우스는 자신의 대표적인 서사시 「연대기」에서 『일리아드』, 『오디세이』 그리고 헬레니즘 시대의 그리스 서사시들의 사투르누스 시형을 포기하고 장단단격의 6각시를 사용하여 한 단계 발전된 시적 전통을 보여주었다. 호메로스의 서사시가 신들의 시대를 이야기하였다면 나이비우스 이후 엔니우스의 서사시는 인간의 시대를 기념한다. 18곡의 긴 노래 「연대기」 속에서 엔니우스는 로마의 위대함을 노래한다.

서사시의 운율을 이용하여 철학적이고 교훈적인 내용을 담은 시의 형식은 루크레티우스Lucretius에 의하여 본격적으로 시작되었다. 운문에다 철학의 옷을 입힌 이러한 형식은 그리스의 헤시오도스에게서 그 기원을 찾아볼 수 있다. 에피크로스 철학에 자신의 사상과 견해를 가미한 루크레티우스의 철학시는 베르길리우스에 버금가는 빛나고 우수한 라틴 운문으로 꼽히고 있다. 반면, 철학적 교훈시와 대칭되는 사랑의 서정시를 썼던 카툴루스Catullus는 기원전 1세기경, 사포 이후의 옛 그리스 서정시의 운율을 라틴어에 담아 사사로운 희로애락의 인간적 정서를 표현했다.

그러나 진정한 로마 문학의 진가는 아우구스투스 시대의 베르길리우스Vergilius(70~19 B.C.)에 의해서 드러나게 되었다. 그는 가장 영향력이 큰 과거 로마의 목소리이자, 중세시대에 마법사와 예언자로서의 시인의 전설을 생겨나게 했던 장본인이었으며 목가적인 정서의 『전원시Bucolica』에서 이탈리아 북부의 전원에 대한 넘치는 사랑을 노래하고 있다.[1) 또, 4권으로 된 『농경시Georgica』에서는 순수한 자연을 노래하면서 논밭을 경작하고 가축을 기르며 나무들을 가꾸는 전형적인 자신의 고향의 농촌 생활을 담아내고 있다. 그리고 그리스 호메로스에 필적할 만한 『아이네이스Aeneis』는 새로운 로마의 이상과 애국심의 지주가 되는 민족적 서사시이다. 아이네아스의 방랑을 노래한 시집인 『아이네이스』는 트로이의 몰락 이후

---

1) Lorenzo Fasca, *Le Bucoliche*, Milano, Bignami, 1963, 5쪽.

트로이인인 그가 시련과 투쟁을 통해 이탈리아반도에 정착하고 로마를 건설하는 모습을 담아내고 있다. 그 시작 부분을 옮겨보면 다음과 같다.

무구(武具)들과 한 남자를 나는 노래하노라. 그는 운명에 의해
트로이야의 해변에서 망명하여 최초로 이탈리아와 라비니움의
해안에 닿았으나, 육지에서도 바다에서도 하늘의 신들의 뜻에 따라
수없이 시달림을 당했으니 잔혹한 유노가 노여움을
풀지 않았던 것이다. 그는 전쟁에서도 많은 고통을 당했으나
마침내 도시를 세우고 라티움 땅으로 신들을 모셨으니,
그에게서 라티니 족과 알바의 선조들과
높다란 로마의 성벽들이 생겨났던 것이다.
무사 여신이여, 신들의 여왕이 신성을 어떻게 모독당했기에
속이 상한 나머지 그토록 많은 시련과 그토록 많은 고난을
더없이 경건한 남자로 하여금 겪게 했는지 말씀해주소서!
하늘의 신들도 마음속에 그토록 깊은 원한을 품을 수 있는 건가요?[2]

베르길리우스의 라틴어 원전에서는 위의 1행에서 7행에 이르는 문장이, 옮긴이의 버전과는 달리 하나의 문장으로 이루어져 있다. 그리하여 '로마의(Romae)'가 이 한 문장의 맨 뒤에 놓이는 마지막

---

2) 베르길리우스, 천병희 옮김, 『아이네이스』, 서울, 숲, 2004, 24~26쪽.

단어이다. 『아이네이스』의 첫 문장에서 시인은 "우리의 눈과 귀를 한달음에 트로이야에서 이탈리아 라티움 지방의 라비니움과 알바 롱가를 거쳐 로마까지 인도"[3]하는 것이다.

아우구스투스 시대의 또 다른 시인으로는 호라티우스Horatius(65~8 B.C.)가 있다. 베르길리우스와는 달리 이상적이면서도 동시에 현실적이었던 그는 탁월한 서정시인이었다. 기원전 23년에 발표된, 그의 아름다운 서정 시집인 『서정 단시들Carminis』은 그리스 서정시인 알카이오스와 사포의 시풍을 라틴어로 옮겨보려고 한 시도의 결실이라고 볼 수 있다. 이 시집에서 호라티우스는 카툴루스보다 뛰어난 기교와 문장으로 일상생활의 감정을 생생하게 노래한다. 그의 세련된 서정시와 풍자시들은 르네상스 시대의 여러 시인에게 많은 영향을 주고 있다.

호라티우스의 뒤를 이어 라틴의 운문을 발전시킨 사람은 바로 오비디우스Ovidius(43 B.C.~17, 18?)였다. 그런데 오비디우스는 새로운 시대의 시인, 그 이전의 시인들과는 반대 입장에 선 시인이었다. 그는 상류계층의 방탕한 생활에 빠져 급기야는 기원후 8년에 흑해 연안의 토미스로 귀향 갔으며, 거기서 영영 돌아오지 못했다. 오비디우스는 공공연하게 '사랑의 교사'를 자처하면서 사랑에 관한 시들과 「사랑의 기술Ars amatoria」 등의 글을 발표하기도 한다. 오비디우스 덕에 로마의 에로틱 애가의 구성요소들이 모두 한자리

---

3) 같은 책, 26쪽.

에 모였다. 사랑을 주제로 하면서 서사시의 영웅주의를 용감한 애인의 영웅주의로 대체한 시는 '사랑에 관한 이야기'를 익살스럽게 전개하면서 한 가지 처세술을 묘사한다. 그 처세술에서 시인이 일종의 교사를 맡고 있다. 또한, 시인은 스스로 애인을 자처하여, 애가의 주인공 '나'가 되기도 한다. 오비디우스는 비단 시뿐만 아니라, 모든 '연애 문학'의 창설자로도 볼 수 있을 것이다. 그러나 오비디우스의 이름을 후세에 남기게 된 걸작은 그의 사랑의 시들보다도 유배지에서 완성한 15권의 거대한 시 『변신Metamorphosis』이다. 이 작품은 우주의 시작, 카오스에서 천지의 질서가 생기게 된 일, 신화 속에 나오는 별, 나무의 변신이야기를 다룬 시로서 200여 개가 넘는 우화들이 하나의 공통된 주제 '형태의 신비스러운 변화'를 노래하고 있다. 여기에 그 서시와 우주의 시작에 해당하는 일부분을 소개해 본다.

서시

새로운 몸으로 변신한 형상들을 노래하라고 내 마음 나를 재촉하니,
신들이시여, 그런 변신들이 그대들에게서 비롯된 만큼
저의 이 계획에 영감을 불어 넣어주시고, 우주의 태초로부터
우리 시대까지 이 노래 막힘없이 이어질 수 있도록 인도해주소서.

바다도 대지도 만물을 덮고 있는 하늘도 생겨나기 전 자연은
세상 어디서나 똑같은 모습을 하고 있었다. 사람들은 그것을
카오스라고 불렀는데, 그것은 원래 그대로의 정돈되지 않은 무더
기로
생명 없는 무게이자 서로 어울리지 않는 사물들의 수많은
씨앗들이 서로 다투며 한곳에 쌓여 있는 것에 지나지 않았다. [···
후략···]4)

아우구스투스의 화려한 라틴 문학 시대가 지나면서 문학에서도
점차 활기를 잃어가고, 오비디우스 이후 베르길리우스와 호라티우
스를 능가할 만한 인물은 나타나지 않았다.

3. 중세의 시

대략 5세기 말에서 시작된 중세는 소위 암흑시대를 거쳐 11세기
부터는 그 정점에 도달한다. 중세 전반부에 이탈리아반도는 장원
체제를 이루고 있었다. 중세 후반부에 들어서 인구가 증가하면서

---

4) 오비디우스, 천병희 옮김, 『변신이야기』, 서울, 숲, 2005, 24~25쪽.

도시가 형성되고 시민 계급이 등장하였으며 개인의식이 발아하면서 활발한 문화 활동이 일어나게 된다. 주로 서적 보존 작업, 즉 기록과 필사본이 행해지던 수도원들을 중심으로 중세의 종교적 문학 행위가 이루어졌고, 세속적인 궁정은 비종교적이고 귀족적인 특징의 문학 행위가 이루어졌던 중심지였다. 중세시대에는 철학적 종교적 글들뿐만 아니라 정치적, 행정적, 역사적인 글, 교회 찬가, 서정시, 서사시, 하물며 성인들의 일대기까지도 모두 라틴어로 씌어졌다. 그리하여, 성 암브로시우스Ambrosius, 성 토마스 아퀴나스 Thomas Aquinas 등의 그리스도교적 찬가들이 모두 라틴어로 낭송되었다. 이러한 종교적인 글들만 넘쳐나던 12세기 중세시대에 주목할 만한 노래들이 있었는데, 그것은 다름 아닌 "서생들의 시, 또는 방랑자들의 시"였다. 이는 대학교의 서생들이 언어적으로나 주제적으로, 자유롭게 창작하고 노래 불렀던 시들을 일컫는 것으로, 당시 유럽 전역에 확산되었으며 특히, 프랑스나 독일에서 크게 꽃 피웠다. 반면 이탈리아반도에서는 훨씬 뒤에 유행하였다.

서로마제국이 멸망하고 나서 8세기에 이르러서야 독자적인 이탈리아 지역 방언들이 나타나고 있다. 그러한 증거 자료들은 당시의 공문서 기록물들이기에 우리의 노래 여정에는 해당이 되지 않는다. 라틴어의 전통이 유난히 강했던 이탈리아반도에 라틴어가 아닌 현대 이탈리아어의 모체 토스카나어로 된 이탈리아의 노래는 13세기부터 시작된다. 아직 중세를 벗어나지 못한 시기에 하느님을 열렬히 추종하던 음유시인 앗시시의 성 프란체스코San Francesco d'Assisi(1182~1226)는 이탈리아어로 된 최초의 노래 「피조물의 노래Cantico delle Creature」5)를 지었다. 프란체스코는 1182년 프로방스 지방 출신의 부유한 상인의 아들로 태어나, 1226년 작은 성당의 맨바닥에 제대로 된 옷 하나 걸치지 못한 채 생을 마감했다. 그는 방탕하고 사치한 젊은 시절을 뒤로하고 1206년 하느님의 부르심을 받아, 모든 부를 포기한 채 하느님을 찬송하는 새로운 삶을 살게 되었다. 1223년 프란체스코 회칙이 정식으로 승인되어 이로부터 프란체스코 수도회가 유래된다. 프란체스코는 죽기 2년 전인 1224년 성 다미아노Damiano 성당의 텃밭에서 「피조물의 노래」를 썼다고 한다. 이 노래를 쓰기 전날 밤, 그는 방에서 잠을 자다 들쥐 떼의 습격을 받고 육체적인 극심한 고통을 겪어야만 했다. 그런데 그 고통의 끝에 하늘나라의 환영을 보고 위로를 받아, 영원한 구원에 대한 확실한 계시를 받게 되었다고 한다.

앗시시의 성 프란체스코는 「피조물의 노래」를 통하여 창조주 하느님의 세계 안에서 모든 피조물과 인간의 영혼을 조화시킴으로써 결국에는 그 영혼을 구하고자 했다. 이 노래는 형식면에서는 프로방스의 연애시에서 영향을 받았다고 말할 수 있지만, 주제는 전적으로 종교적이라고 평가받는다. 「피조물의 노래」는 전 인류를 향한 사랑의 노래이다. 앗시시의 성 프란체스코가 모든 피조물을 하느님 찬미에로 초대한 것은 피조물이 하느님으로부터 창조되어

---

5) "태양의 노래", "주님의 찬가", "자매인 죽음의 찬가"라고 부르기도 한다. 라틴어 제목은 "O Laudes Creaturarum"이다.

하느님의 위대하심과 사랑을 반영하고 있기 때문이다. 「피조물의 노래」는 피조물을 통하여 하느님께 드리는 찬미의 송가이다. 이 노래 안에서 모든 피조물을 형제, 자매라고 부르며 우주 전체를 한 형제애로 뭉쳐진 존재, 한 가족으로 보는 성인의 세계관을 읽을 수 있다. 또 여기에는 모든 이들이 두려워하는 죽음조차도 자매로 보고 있는 초월적인 영성도 함께 읽을 수 있다. 「피조물의 노래」는 후대의 많은 시인에게 영감을 불어넣어 주었고, 이탈리아의 옛 노래 중 그 첫 번째로 꼽히는 작품이다. 이탈리아어 시에서 우리말로 완역된 시의 전모를 실어본다.

피조물의 노래 (앗시시의 성 프란체스코)

지극히 높으시고 전능하시며 자비하신 주여,
찬미와 영광, 칭송과 온갖 축복이 당신의 것이나이다.

오로지 당신께만, 지극히 높으신 자여, 마땅하나이다,
사람은 누구도 당신 이름을 부를 수조차 없나이다.

찬미 받으소서, 나의 주여, 당신의 모든 피조물과 함께,
특히 형제인 태양은,
낮을 이루고, 그 빛을 통해 당신께서 우리를 비추시나이다.
그는 아름답고 장엄한 광채에 빛을 발하기에,

당신의, 지극히 높으신 자여, 의미를 드러내나이다.

찬미 받으소서, 나의 주여, 자매인 달님과 별들을 통해,
당신께서 빛 맑은 보석으로 저들을 어여쁘게 하늘에 마련하셨나이다.

찬미 받으소서, 나의 주여, 형제인 바람을 통해
그리고 공기와 구름과 맑은 온갖 날씨를 통해,
저들로써 당신의 피조물에게 자양분을 주시나이다.

찬미 받으소서, 나의 주여, 자매인 물을 통해,
그녀는 퍽 쓰임 많고 겸손하며 소중하고 순결하나이다.

찬미 받으소서, 나의 주여, 형제인 불을 통해,
그로써 당신은 밤을 밝히시니,
그는 멋지고 흥겨우며 힘세고 강하나이다.

찬미 받으소서, 나의 주여, 우리의 자매인 어머니 대지를 통해,
그녀는 우리를 키우고 살찌우며,
형형색색의 꽃과 풀과 더불어 온갖 과일을 낳아주시나이다.

찬미 받으소서, 나의 주여, 당신의 사랑으로 용서를 하고
병과 고통을 참아내는 이들을 통해.

평화로이 참는 이들은 복되리니,

당신께서, 지극히 높으신 자여, 저들에게 면류관을 씌워 주시나이다.

찬미 받으소서, 나의 주여, 우리의 자매인 육체의 죽음을 통해,

그로부터 목숨 있는 사람은 누구도 벗어나지 못하나이다.

죽을죄 짓고 죽어갈 이들에게는 불행이요,

당신의 지극히 거룩한 뜻을 좇아 죽음을 맞이하는 이들은 복 받으

리로다,

두 번째 죽음이 저들을 해치지 못하기 때문이나이다.

내 주를 기려 높이 찬양하고 감사하리로다

겸손을 다하여 주를 섬기리로다.

　　성 프란체스코의 「피조물의 노래」의 영향으로 이탈리아의 시는
점차로 활발한 양상을 띠기 시작하였다. 아내의 갑작스러운 죽음
으로 변호사의 길을 접고 프란체스코 수도회에 들어가 가난한 사
람들의 용감한 수호자가 된 야코포네 다 토디Jacopone da Todi(1236
~1306)는 당시 교황 보니파시우스 8세에 대항하여 과감한 투쟁을
하다 옥살이까지 했다. 그의 세상에 대한 냉소와 열렬한 신비주의
는 유명한 『찬가Laude』에 그대로 드러나고 있다. 특히 이 세상의
온갖 질병들을 나열하면서 창조주 하느님을 찬양하는 「오 주여,

제발ₒ Signor, per cortesia」에서는 그의 격정적인 허무주의마저 읽을 수 있다. 그 일부를 옮겨 본다.

오 주여, 제발 (야코포네 다 토디)

오 주여, 제발,
제게 나쁜 건강을 보내소서!

나흘 꼬박 열이 들끓게
하시고, 사흘은,
하루에 두 번씩
수종증이 심하게 하소서.

제게 오소서 치통이여,
두통이며 복통이여,
배에 콕콕 찌르는 고통이,
목에는 후두염이 있게 하소서.

눈병과 옆구리 고통
그리고 좌측 심장의 종기.
게다가 폐병마저 제게 겹치고
언제나 광기를 주소서. [⋯후략⋯]

당시 가난한 민중들의 희로애락을 그대로 담은 민중적 서정시들이 주로 1265년부터 집정관들의 지시에 따라 필사된 볼로냐Bologna의 공증 기록물에 전해져 오고 있다. 비록 세련되지는 못해도 민중적 정서가 듬뿍 묻어나오는 노래들로서 대표적으로 「흥에 겨운 내 여인이여E la mia dona çogliosa」와 「아름다운 새장을 나와For de la bella gàiba」를 들 수 있다. 이 중에서도 특히 후자의 노래는 청아한 울림을 갖고 있는 서정시로서 춤을 추고 있는 생생한 모습을 묘사하고 있다. 축제 기간 중에 불렸을 것으로 추측되는 이 노래는 밤 꾀꼬리를 잃어버린 어린아이가 숲을 찾아 헤매다 다시 자신의 정원으로 새가 되돌아오기만을 허망하게 기다린다는 이야기이다. 이 작품을 그대로 옮겨본다.

아름다운 새장을 나와 (작가 미상)

아름다운 새장을 나와 밤 꾀꼬리 도망갔다네.

새로 만든 새장 안에 자기의 작은 새가
없음을 알고 그만 그 어린아이 울고 말았네,
그래 속이 상해 말하네. "누가 새장 문을 열어 놨단 말이야?"
그래 속이 상해 말하네. "누가 새장 문을 열어 놨단 말이야?"

그래서 아이는 작은 숲속으로 갔다네,

너무나 달콤하게 우짖는 그 작은 새의 노랫소리를 들었다네.

"아아 아름다운 밤 꾀꼬리여, 나의 정원으로 돌아오라.

아아 아름다운 밤 꾀꼬리여, 나의 정원으로 돌아오라."

민중의 시가들이 민중들에 의해서 불리던 때, 프로방스 지방의 음유시가 이탈리아에 전해져 프리드리히 2세의 시칠리아 궁정에서는 라틴 속어 즉 이탈리아 지역 방언으로 시를 창작하였다. 프로방스시의 주제들, 즉 봄, 꽃, 새, 예절, 사랑 등을 답습하고 있던 이들을 일컬어 시칠리아 학파la Scuola Siciliana라고 하는데 단순히 시칠리아에서 형성되었다는 데서 연유한 것이다. 그런데 궁정시인 중에서 특히 주목할 만한 시인은 1241년(또는 1233~1240)에 소네트 형식을 만들어 시를 창작한 것으로 추측되는 자코모 다 렌티니Giacomo da Lentini이다. 그 시가 바로 「사랑은 마음에서 오는 열망이라오Amor è uno desio che ven da core」이다. 시칠리아 학파가 비록 궁정문학의 성격을 띠고 출발하긴 했으나 남부지방의 민중에게까지 이러한 사랑의 노래들이 널리 불렸다는 것은 나름대로 의미가 있는 것이다.

프리드리히 2세의 죽음으로 화려하게 꽃 피웠던 시칠리아 학파는 문화적 중심의 위치를 상실하고, 단테가 〈청신체시Dolce Stil Novo〉라 명명했던 시의 본고장 이탈리아 중부의 토스카나Toscana 지방이 새로운 문화적 중심지가 된다. 청신체란 "달콤하고 새로운 문체"를 의미한다. 청신체파 시인들은 주로 여인을 찬미하고 천사와 같은 존재로 묘사하고 있다. 13세기 중반 볼로냐의 구이도 구이니첼리

Guido Guinizzelli(1230/1240~1276)의 작품 「고귀한 마음에 언제나 사랑은 되돌아오네Al cor gentil rempaira sempre amore」를 통해 선언된 청신체시는 구이도 카발칸티Guido Cavalcanti(1259~1300), 치노 다 피스토이아Cino da Pistoia(1270~1336), 단테 알리기에리Dante Alighieri(1265~1321)에게로 이어진다. 이들은 모두 토스카나 방언을 사용하였고 또 그들의 훌륭한 시작품들이 있었기에 그 언어가 현대 이탈리아의 공용어로 발전될 수 있었다.

여기서 서양 문학의 4대 시성에 속하는 단테가 등장한다. 단테는 중세의 종말과 근세의 시작을 알리는 나팔수 같은 존재였다. 단테는 자신의 평생의 뮤즈인 베아트리체에 대한 주옥같은 서정 시집 『새로운 삶Vita Nova』과 불멸의 대작 『신곡La Divina Commedia』을 남겼다. 『신곡』은 지옥, 연옥, 천국 등 세 편으로 이루어져 있다. 각 편은 모두 33곡으로 되어 있고, 특히 지옥 편에는 작품 전체에 대한 서곡이 덧붙여져 모두 100곡이 된다. 『신곡』은 1307년부터 집필되기 시작해 단테가 죽기 얼마 전에 완성되었다. 작품의 주제는 단테가 35세가 되던 때인 1300년 4월 죽음의 왕국을 통하여 지옥, 연옥, 천국을 순회하는 여행이다.

4. 르네상스 시대의 시

13세기를 지나 14세기에 이르게 되면 이탈리아어로 이루어진 시 창작이 깊이를 더하면서 발전되어 갔다. 특히, 13세기 중반 자코모 다 렌티니에 의해서 시작된 것으로 추정되는 소네트를 완벽한 아름다운 시로 발전시켜 완성한 장본인은 바로 프란체스코 페트라르카Francesco Petrarca(1304~1374)이다. 바로 이 페트라르카의 소네트를 모방하여 시를 창작하고자 하는 아류들이 페트라르카 이후 서구문학에서 400년이나 이어진 것을 보면 그 영향력을 가히 짐작하고도 남을 것이다.

페트라르카는 이탈리아 인문주의를 대표하는 시인이며, 라틴어 학자이기도 하다. 그는 1304년 7월 20일 이탈리아 아렛초Arezzo에서 태어나 1374년 7월 19일 아르콰Arqua에서 일생을 마칠 때까지 만 70세의 삶을 통해서 문학에 대한 사랑을 철저하게 실천했던 계관시인이다. 그의 시집 『칸초니에레』6)는 페트라르카의 영혼 속에 타고난 천상과 지상 사이, 육체와 정신 사이에서의 치유될 수 없는 갈등을 지배하는 사랑의 이야기이다. 인간적인 것, 특히 아름다움

---

6) 페트라르카의 시집 『칸초니에레』는 366편으로 이루어져 있는데, 그 중 317편이 소네트sonetto이고, 칸초네canzone 29편, 세스티나sestina 9편, 발라드ballata 7편, 마드리갈madrigale 4편 등으로 구성되어 있다., 약 30편의 시를 제외하고는 모두 라우라Laura에 대한 사랑을 읊은 시이다. 1327년 처음 만난 여인 라우라는 그녀의 삶과 죽음이 페트라르카의 시집에 중요한 모티브로 작용하고 있다. 그리하여 시집 『칸초니에레』는 크게 라우라의 생전과 사후 두 부분으로 나뉘어진다. 첫 번째 서시 이후부터 263번째 시까지는 라우라 생전의 시로, 그리고 서시와 264번째 시에서부터 마지막 366번째 시까지는 라우라 사후의 시로 보는 것이다. 라우라의 생전에 해당되는 부분에서 페트라르카의 사랑은 매우 인간적인 감정이며, 때때로 열정적인 충동을 불러일으킨다. 라우라는 페트라르카의 작품 속에서 현실적인 선과 색을 가지고 있다. 그래서 페트라르카는 그녀의 금발, 빛나는 눈, 검은 속눈썹, 가녀린 손을 노래한다. 라우라의 사후에 해당되는 부분에서 페트라르카는 라우라의 죽음에까지 계속되는 자신의 사랑을 천상적인 것으로 승화시키고 있다. 환상 속에서 그녀는 화려하고 아름답지만, 때로는 어머니와도 같이 따스하고 온화한 존재로 표현되고 있기도 하다.

의 덧없음에 대한 묵상에서 갈등은 더욱 깊어진다. 그의 영혼 속의 이러한 대립 관계는 극적으로 발전되지는 않지만, 오히려 눈물과 탄식 속에 동반되는 우울한 면으로 나타나게 된다. 이 시집은 첫 번째 서시 소네트에서 마지막 칸초네에 이르기까지 일관성 있는 면모를 보여준다. 첫 번째 소네트에서 페트라르카는 정열의 헛됨을 확신하고 있으며, 마지막 칸초네에서 이미 그의 사상은 천상 것들과 죽음으로 기울어있어 성모 마리아에게 용서와 보호를 간청하고 있다. 페트라르카의 대표적인 시집 『칸초니에레Canzoniere』는 서양 시문학 사상 가장 큰 영향력을 지닌 시집으로 서양 근대 서정시의 정전(正典)이다. 이 시집에 실려 있는 317편의 소네트들은 대부분이 라우라에 대한 시인의 절절한 사랑을 노래하고 있다. 이 중 대표적인 사랑의 시 한 편을 소개한다.

48. 불이 불로 소진된 적 없고 (프란체스코 페트라르카)

불이 불로 소진된 적 없고,
강이 비로 인해 고갈된 적 없고 보면,
만물은 항시 같음으로 서로 보태어지기도 하고,
더러는 다름으로 하여 서로를 키워주기도 한다네,

사랑[7]이여, 그대는 우리 모든 생각의 지배자
두 몸 안에 깃든 영혼의 안식처,

왜 그대는 영혼 안에 깃들면서도 오히려
강렬한 나의 욕망을 덜게만 하려 하는가?

아마도 그것은 높은 데서 떨어지는 나일강이
그 거대한 소리로 주변을 귀먹게 하고,
태양이 응시하는 자를 눈멀게 하는 듯 여겨지네,

이처럼 조화를 잃은 욕망이란,
그대로 놓아두게 되면 제풀에 사그라지기 마련이고,
지나친 박차 또한 되레 도주를 늦추고 만다네.

　　그런데 이탈리아 르네상스 시대는 페트라르카의 죽음과 더불어
〈시가 없는 100년Secolo senza poesia〉(1375~1475)을 맞는다. 이 시기에
는 고전 연구와 언어학, 비평이 크게 발전하였던 반면, 제대로 된
시 작품이 없었다. 15세기 말기부터 로렌초 대제Lorenzo il Magnifico
(1449~1492), 폴리치아노Poliziano(1454~1494), 루이지 풀치Pulci(1432
~1484), 마테오 마리아 보이아르도Matteo Maria Boiardo(1411~1494) 등
의 활발한 창작활동에 힘입어 다시 르네상스의 노래가 부활한다.
이 중에서 특히 스칸디아노Scandiano의 영주인 보이아르도는 고상한
정신으로 기사도를 부활시키고자 하는 마음에서 69곡으로 이루어

---

7) 라우라.

진『사랑에 빠진 오를란도Orlando innamorato』를 완성했다. 그는 민중에게 잘 알려진 카롤링거 기사문학의 주제인 가톨릭 세계와 이슬람 세계 간의 충돌 속에서 빚어지는 전쟁과 영웅주의, 그리고 궁정에서 열의가 대단했던 브르타뉴 기사문학의 주제인 사랑, 모험, 여행을 자신의 작품 속에 융합시켜 놓았다.

16세기에 들어서면서 이제 이탈리아반도는 르네상스의 절정기를 맞는다. 인문주의를 형성시켰던 인간의 존엄성에 대한 사상이 성숙하던 시기였다. 16세기 전반기를 장식한 대표적인 시는 루도비코 아리오스토Ludovico Ariosto(1474~1533)의 『광란의 오를란도 L'Orlando Furioso』이다. 이 작품은 8연체 46곡으로 된 기사문학적 서사시이다. 아리오스토는 고전 작품들과 보이아르도의『사랑에 빠진 오를란도』, 그리고 16세기 궁정에서 유행하고 있던 무훈시나 기사문학에서 작품의 실마리를 이끌어 내었다. 이 작품은 보이아르도의 작품의 후속편 격으로 기독교 세계와 이슬람교 세계의 전쟁을 노래하고 있다. 또한, 16세기 전반기가 르네상스의 절정기를 맞이했다는 사실은 곧이어 그 반대 현상이 있었음을 의미한다. 16세기 후반기, 다시 말해서 르네상스의 내리막길을 장식한 대표적인 시는 토르콰토 탓소Torquato Tasso(1544~1595)의 『해방된 예루살렘La Gerusalemme Liberata』이다. 탓소가 오랫동안 심혈을 기울여 완성한 이 서사시는 작가가 직접 제목을 붙인 것이 아니고 편집자가 붙인 것으로 후세에도 이 제목으로 전해졌다. 8연체의 20곡으로 구성된 이 작품은 제1차 십자군 원정(1096~1099)의 6년째 되는 해 후반기에 기독교 군대의 여러 공적을 노래하고 있다. 이 밖에 16세기를 장식했던 시인들로는 우리가 조각가로 더 잘 알고 있는 미켈란젤로 부오나로티Michelangelo Buonarroti(1475~1564)를 비롯해 페트라르카 시풍을 맹목적으로 모방하던 일군의 시인들이 있었다. 이 당시 페트라르키즘은 전 유럽을 휩쓸고 있었고 이를 비난하면서 독특한 풍자시를 개척했던 시인으로는 프란체스코 베르니Francesco Berni(1497~1535)가 두드러진다.

5. 근대 이탈리아의 시

경제적 침체기를 맞았던 이탈리아의 17세기에는 진정한 내면적 시 세계를 보여주기보다 형식적인 기교가 넘쳐흘렀다. 소위 '17세기주의Secentismo'라는 특수한 작시법이 대두되어 괴상하고 예측 불허의 인위적인 것들을 사용하여 독자들을 놀라게 하려는 욕구가 시인들에게 팽배해 있었다.

바로크 시대로 통칭되는 17세기를 대표했던 이탈리아의 노래는 잠바티스타 마리노Giambattista Marino(1569~1625)의 『아도네Adone』로서 전체 20곡으로 이루어져 있고, 8연체의 5,000행으로 되어 있다. 이 작품은 아주 아름다운 젊은이 아도니스에 대한 비너스의 사랑, 질투가 심한 전쟁의 신 마르스가 보낸 멧돼지로 인해 죽음을 맞은 아도니스의 화려한 장례식 등을 노래하고 있다. 방대한 시 규모와 아도니스라는 매력적인 신화적 주인공을 다루고 있음에도 불구하고 논제가 너무 빈약하고 외형적인 화려함만 두드러진다. 그러나 시대적인 한계성은 분명하지만, 르네상스 시대에서 벗어나 보다 새로운 시어를 찾고자 노력했고, 육감적인 어휘들로 사랑을 강조하고자 했던 근대적인 시도는 마리노의 시적 가치로 인정되기도 한다.

로코코와 계몽주의로 대변되는 18세기를 대표하는 이탈리아의 노래는 고전 시를 모방하여 시적 우아함을 표출해 내려는 '아르카디아Arcadia 풍'이 지배하고 있었다. 아르카디아는 고대 목동들의 고향처럼 찬양되었던 그리스의 펠로폰네소스 중부지방의 아르카디아를 의미한다. 대표적인 시작품은 피에트로 메타스타시오Pietro Metastasio(1698~1782)의 『멜로드라마Melodrammi』이다. 음악을 동반한 가극형식의 3막으로 구성되어 있다. 반문학적인 계몽주의 시대에 시적 명맥을 유지하던 아르카디아 풍과는 달리, 다분히 계몽주의적 개혁을 시도했던 주셉페 파리니Giuseppe Parini(1729~1799)의 시작품이 있었다. 파리니의 『하루Il Giorno』는 4,000행으로 이루어진 11 음절 무운 풍자시이며 아침, 점심, 저녁, 밤의 4부분으로 나뉘어 있다. 파리니는 이 작품을 통하여 이탈리아인의 도덕적, 시민적 의식을 개혁하고자 했고, 이탈리아 민중이 인간적인 존엄성을 자각할 수 있음을 확신했다.

19세기는 수 세기에 걸쳐 이탈리아 민족의 염원이었던 이탈리아의 통일이 이루어진 시기이다. 또한, 신고전주의와 낭만주의가 문학과 예술 전반에 영향을 끼쳤던 시기이기도 하다. 특히 이탈리아에서는 통일운동이라는 대업이 19세기 전반과 중반을 가로질러 영향력을 끼친다. 1861년 이탈리아 왕국이 공포되기까지, 더욱이 1870년 이탈리아 민족통일을 완성하게 되기까지 애국심과 민족적 열망의 표출은 시라는 장르를 통해 두드러진다. 17세기, 18세기를 거쳐 커다란 반향을 불러일으키지 못했던 시 형식의 행보는 이제 폭발적으로 위대한 시인들을 배출하면서 우리들의 이탈리아 노래 여정을 풍요롭게 한다.

19세기를 대표하는 이탈리아 시인들로는 우고 포스콜로Ugo Foscolo(1778~1871), 자코모 레오파르디Giacomo Leopardi(1789~1837), 알렛산드로 만초니Alessandro Manzoni(1785~1873), 조수에 카르둣치 Giosuè Carducci(1835~1907), 조반니 파스콜리Giovanni Pascoli(1853~1912) 등이 있다. 우선 포스콜로는 295행으로 이루어진 11음절의 장엄한 서사적인 서정시 「묘지들 Sepolcri」이란 시작품을 통하여 외세의 치하에 고통받던 이탈리아인들을 오랜 잠에서 깨우는 문화적인 큰 공적을 세운 바 있다. 이러한 애국심 고취의 분위기는 레오파르디의 초기시중에서 「조국 이탈리아여All'Italia」에서 잘 나타나고 있다. 이 시는 1818년 레오파르디의 고향 레카나티Recanati에서 창작된 작품으로 11음절과 7음절로 이루어진 20행의 7연으로 구성된 칸초네 Canzone 형식이다. 시인은 선조들이 살았던 시대, 강하고 영광스러운 이탈리아를 노래한다. 오늘날의 노예같이 무방비한 모습의 이탈리아를 주시하면서 한탄스럽게 개탄하다. 오로지 시인만이 본보기가 되리라는 희망을 안고 조국을 위해 싸워 죽을 준비가 되어

있음을 노래한다. 그리스의 역사적인 테르모필레 전투를 상기하면
서 민중에게 용기를 주고 함께 나아가자고 선도한다. 레오파르디
의 대표적인 시집 『노래들I Canti』에는 주옥같은 서정시들이 많다.
그중에서도 너무도 유명한 시편들, 즉 「무한L'infinito」, 「실비아에게A
Silvia」, 「고독한 참새Il passero solitario」, 「아시아에서 방랑하는 목동의
야상곡Il canto notturno di un pastore errante nell'Asia」, 「금작아la ginestra」 등은
이탈리아인들이 애송하는 노래들이다. 이 애송시 중에서 「조국 이
탈리아여」의 일부와 「무한」을 옮겨본다.

조국 이탈리아여 (자코모 레오파르디)

오 나의 조국이여, 그대의 수많은 성곽과 아아치

기둥과 조상(彫像) 그리고 한적하게 서 있는

우리 조상의 탑들,

그러나 그 영광 보이지 않고,

그 월계수와 그 검(劍)도 우리네 선조들의 것이건만

보이지 않도다. 이제 아무 방어 능력 없이 […]

우는가, 나의 이탈리아여, 그럴 만도 하여라,

뭇 사람들을 제압하는 자로 태어난 그대 아닌가 […]

오 하늘이여, 나의 피가 이탈리아인들의

가슴에 불을 댕기게 할지어다. […]8)

무한 (자코모 레오파르디)

내게 언제나 정답던 이 호젓한 언덕,

이 울타리, 지평선 아스라이

시야를 가로막아 주네.

저 너머 끝없는 공간, 초인적인

침묵과 깊디깊은 정적을

앉아 상상하노라면, 어느새

마음은 두려움에서 멀어져 있네. 이 초목들

사이로 바람 소리 귓전을 두드리면, 문득 난

무한한 고요를 이 소리에

견주어 보네. 이윽고 내 뇌리를 스치는 영원함,

스러져 버린 계절들, 또 나를 맞아

숨 쉬는 계절, 이 소리, 그리하여

이 무한 속에 나의 상념은 빠져드네.

이 바다에선 조난당해도 내겐 기꺼우리.

소설 『약혼자들ı promessi sposiı』로 유명한 알렛산드로 만초니도 성
가(聖歌)와 민중적인 서정시들을 썼다. 일찍이 베네데토 크로체
Benedetto Croce(1866~1952)가 '예언자적 시인Poeta Vate'이라고 칭송했

---

8) 김효신, 「레오파르디 초기시에 나타난 애국계몽성 연구」, 『이어이문학』 제5집, 한국이어이문
학회, 1999, 48~49쪽.

던 카르둣치는 수많은 시편들을 발표하여 논쟁을 불러일으키기도 하고, 심금을 울리기도 했다. 1906년에는 노벨문학상을 수상하였다. 그의 대표적인 시집으로는 『새로운 운율Rime Nuove』과 『야만스러운 송가들Odi Barbare』이 있으며 여기에 실린 많은 시편에서는 낭만적인 퇴폐성마저 엿보인다. 시인 카르둣치는 고전 세계와 과거의 역사에 집착하는 시, 전원을 노래한 시 등을 창작하였다. 특히, 「산 마르티노San Martino」는 삶과 자연의 테마가 아름답게 어우러진 완벽한 서정시이며, 「해묵은 슬픔Pianto antico」은 가족에 대한 추억, 특히 아들의 죽음에 대한 그의 인간적인 고통과 슬픔을 시적으로 잘 승화시켜 놓고 있다. 「그리스의 봄들Primavere elleniche」에서는 그리스의 평온함과 아름다움에 대한 이상을 찬양하고 있다. 고전주의적 형식에 낭만주의적 시적 흐름을 담고 있는 카르둣치 시는 비록 그가 20세기에 들어와서 노벨문학상을 받았다고는 하지만 완전히 20세기적이지 못하고 후기 낭만주의에 머물 수밖에 없었다. 작시 법상의 기술적인 측면들을 강조했던 점, 과도한 도덕성의 노출, 계몽주의적 표현과 논쟁조의 억양, 문화적 소양을 과도하게 드러내는 등의 한계성을 보여주었다. 이러한 구태의연한 요소들에도 불구하고 자연과 삶을 노래하고, 인간적인 고통의 내면세계를 드러내는 작품들은 이탈리아 서정시의 명맥을 유지하며 이탈리아의 어린이들이나 초등, 중등, 고등학교의 교과서에 빠지지 않고 등장하는 애송시들인 것이다. 그 대표적인 시들이 앞서 열거한 시들 이외에 「소II bove」, 「고통에 찬 발라드Ballata dolorosa」, 「눈은 내리고

Nevicata」, 「토스카나의 마렘마를 지나며Traversando la Maremma toscana」,
「그리움Nostalgia」 등이다. 이 중에서 「소」와 「해묵은 슬픔」을 감상해
보자.

소 (조수에 카르듯치)

오, 경건한 소여, 난 당신을 사랑합니다. 당신은 내 마음속 깊이
원기와 평화를 따사로이 느끼게 해준답니다.
오, 기념비처럼 숭고한 모습으로
당신은, 드넓은 옥토에 눈길을 보낸답니다.

아, 멍에를 메고 머리를 숙인 채
인간의 야박한 행위에도 당신은 묵묵히 따르고 있군요.
당신을 야단치고 때리는 인간을, 당신은 유순하고
참을성 많은 느린 눈길을 돌리며 따르고 있군요.

거무스름 축축한 넓은 코를 들며
당신은 생명의 기운을 내뿜고, 마치 환희의 찬가라도 된 듯
울음소리는 맑은 하늘로 사라져 간답니다.

파르스름 빛나는 근엄한 눈망울엔
잔잔한 초록빛 성스러운 고요가

254

드넓게 말없이 비쳐올 뿐입니다.

해묵은 슬픔 (조수에 카르듯치)

너의 조그만 손으로
어루만지던 나무,
초록빛 석류나무에는
주홍빛 꽃들이 곱게 피어 있고,

말없이 외로움에 잠긴 뜰을
이제 막 온통 푸르게 수놓았구나
그리고 6월은 찬연한 빛과
뜨거운 열기로 소생을 재촉한다.

세파에 시달려 매마른
내 나무의 꽃,
이 부질 없는 인생의
오로지 하나뿐이던 꽃,

차가운 땅속에 있다니,
어두운 땅속에 있다니,

이젠 태양도 너에게 기쁨을 주지 못하고
사랑도 너를 다시 깨우지 못하는구나.

　카르둣치의 수제자인 파스콜리는 '전원의 시인' 또는 '작은 사물들의 시인', 이탈리아 현대 시의 출발신호를 한 시인으로 평가된다. 파스콜리는 카르둣치와 같은 예술적, 학문적 투쟁이나 위대한 이상, 사상의 추종을 거부하면서 자기 자신 안에 몰입하여 평화와 안정을 얻고자 했다. 파스콜리는 '동심(童心)' 시론으로 시 세계를 펼쳤는데 그의 대표적인 시집 『미리케Myricae』에서 가족의 죽음과 전원풍경 그리고 조그만 존재들에 대하여 노래하고 있다. 시집 제목 '미리케'는 베르길리우스의 시구에서 따온 것으로 소박한 시골의 모습을 의미한다. 이 시집에 실린 가장 대표적인 시들로는 「바다Mare」, 「개Il cane」, 「10월의 저녁Sera d'ottobre」, 「마지막 노래Ultimo canto」, 「인어La Sirena」, 「부엉이L'Assiuolo」, 「고아Orfano」 등이 있다. 이 시들 중 짧은 서정시 「바다」를 옮겨본다.

바다 (조반니 파스콜리)

창문에 얼굴 대어, 바다를 보노라.
별들은 떠나가고, 파도는 요동치는구나.
보이는 건 떠나는 별들, 지나가는 파도뿐.
섬광이 불러, 이내 응답하는 고동 소리.

물이 한숨짓고, 바람 불어오니
바다 위로 아름다운 은빛 다리 제 모습을 보이네.

잔잔한 호수 위로 드리워진 다리여,
누굴 위해 만들어져, 어디에 다다르나요?[9]

6. 20세기 이탈리아의 시

가브리엘레 단눈치오Gabriele D'Annunzio(1863~1938)는 이탈리아 퇴
폐주의를 대표하는 시인이다. 카르둣치의 영광의 자리를 이어받은
장본인으로서 당대에 큰 명성을 누렸으며, 이탈리아 국수주의자들
의 심장부에서 필봉을 휘둘러, 사후에 기회주의자라는 혹평을 감
수해야 했다. 그러나 그의 유미주의적인 서정시들은 이탈리아 국
민이 애송하는 시편들임을 무시할 수 없는 것이다. 그의 시의 정점
을 드러내는 시집 『찬가Laudi』에 실린 그의 대표적인 시들로는 「아
프리코 강을 따라서Lungo l'Affrico」, 「피에솔레의 저녁La Sera Fiesolana」,
「소나무 숲에 비 내리고La pioggia nel pineto」, 「노래하는 족속들Le Stirpi
canore」, 「파도L'onda」, 「시간의 모래La sabbia del tempo」, 「늪지대에서Nella

---

9) 김표신, 「Giovanni Pascoli 시 소고 – 시집 Myricae를 중심으로 –」, 『어문학연구』 제3집,
효성여자대학교 어문학연구소, 1990, 27쪽.

belletta」, 「양치기들i pastori」 등이다. 특히, 「소나무 숲에 비 내리고」는 단눈치오 시 세계의 절정기를 이루는 시편 중의 하나로 범신론적인 면모를 드러내고 있고, 시인과 에르미오네Ermione라는 두 주인공의 식물화, 나무화 과정으로 대변되는 자연과의 교감이 돋보인다. 또 마드리갈 형식의 「시간의 모래」는 어느 날 문득 여름이 가고 가을의 문턱에 가까이 와 있는 계절을 노래하는 시인의 안타까운 마음을 잘 드러내고 있다. 붙잡을 수 없는 세월을 시인의 손을 통해 흘러가는 "시간의 모래"로 표현한 단눈치오의 시적 탁월함을 엿볼수 있는 시이다. 「소나무 숲에 비 내리고」의 일부와 「시간의 모래」 전문을 여기에 옮겨본다.

소나무 숲에 비 내리고 (가브리엘레 단눈치오)

아무 말 말아요. 숲에
들어서며 난 그대 하는
인간적인 말 듣지
않아요. 그러나 멀리
물방울들과 나뭇잎들이 하는
아주 새로운 말을
들어요.
귀 기울여 봐요. 흩어진
구름에서 비가 와요.

소금끼 머금고 햇볕에 그을은

석류나무 위에 비가 와요.

빽빽이 들어찬 비늘 돋은

소나무 위에 비가 와요.

성스러운 팽나무 위에

비가 와요.

소담스레 피어 있는

눈부신 금작아 꽃 위에,

향기로운 열매

주렁주렁 달린 노간주나무 위에,

수풀 빛 우리 얼굴 위에

비가 와요.

우리 빈손 위에

비가 와요.

우리 하늘거리는

옷 위에,

영혼이 새로움을

여는 신선한

생각 위에,

어젠 그댈 현혹시켰고

오늘은 날

현혹시킨, 그 이야기 위에,

아 에르미오네여. [···후략···]10)

시간의 모래 (가브리엘레 단눈치오)

뜨거운 모래 하릴없는
둥근 손안으로 가벼이 흘러가는데,
마음은 하루가 너무 짧았음을 느꼈네.

금빛 해변 흐리게 하는
습기 찬 가을의 문턱 가까워지자
갑작스러운 불안함이 내 맘을 사로잡네.

손은 시간의 모래 담는 항아리,
박동하는 내 마음은 모래시계라네.
온갖 헛된 축의 커가는 그림자
말 없는 시계 판의 바늘 그림자 같구나.11)

20세기 초반에 단눈치오의 유미주의적인 시작법을 반대하고 그

---

10) 김효신, 「단눈치오 시집 Alcyone 연구」, 『어문학연구』 제4집, 효성여자대학교 어문학연구
소, 1991, 30~31쪽.
11) 같은 책, 54쪽.

와는 다른 우울하고 슬픈 애가 조의 시를 썼던 일군의 '황혼주의Crepuscolarismo' 시인들이 있었다. 여기서 황혼은 카르둣치에서 시작된 '문학적 영광'과는 달리 '황혼', 즉 '저무는 영광'이란 의미를 내포하고 있는데, 이는 다시 말해서 당대의 명성과 영광을 누리는 시인들에 대한 온건한 '반항'이었다. 이를 대표하는 시편으로는 특별히 구이도 곳차노Guido Gozzano(1883~1916)의 「행복이라는 이름의 아가씨 혹은 펠리치타La signorina Felicità ovvero la Felicità」, 「희망이라는 이름의 할머니의 여자 친구L'amica di Nonna Speranza」를 기억할 수 있다. 이 중에서 「행복이라는 이름의 아가씨 혹은 펠리치타」의 일부를 감상해보자.

행복이라는 이름의 아가씨 혹은 펠리치타 (구이도 곳차노)

행복 아가씨, 지금쯤이면
당신의 집 그 해묵은 정원 안으로
저녁이 내리오. 내 마음 친구 안에는
추억이 내리오. 또 당신이 보이는구려,
이브레아 강과 담청색의 도라 강
그리고 그 아름다운 마을, 난 입을 다물고 만다오.

행복 아가씨, 당신의 축일이요!
지금쯤 뭘 하고 있소? 커피를 끓이는가요,

그래서 주위에 산뜻한 향 내음 퍼지게 하나요?
아 아마포를 꿰매고 노래를 부르며 날 생각하는지요,
돌아오지 않는 변호사를?
그런데 변호사는 여기 있다오, 당신을 생각하며.

그 아름다운 가을날들을 뒤돌아 생각해보오.
언덕배기 위 아마레나 별장을
무성한 버찌 열매들과 그 저주받은
후작 부인, 그리고 황양 나무의 침울한
향기 오르는 채소밭 그리고 무수한 유리 조각들
낡은 벽 위에, 요새를 이룬다네...

아마레나 별장이여! 아름다운 당신의 집
9월의 그 거대한 평온함에 잠겨 있다오!
당신의 집은 옥수수 장막을
지붕 가장자리까지 두르고 있소.
마치 17세기 귀부인 같은 모습으로, 시간에
노략질당한 채, 농부 아낙 옷을 입었다오.

슬프게도 사람이 살지 않았던 아름다운 건물이여!
다 낡고, 찌그러진, 둥근 쇠창살들!
조용히! 연달아 붙어 있는 죽음의 방들이여!

어둠의 향기여! 과거의 향기여!

황량한 버림받음의 향기여!

문 위 장식벽들의 빛바랜 우화들이여! [⋯후략⋯]12)

프랑스의 상징주의에서 연유한 이탈리아 순수시 운동을 가리켜 '에르메티즈모Ermetismo'라고 한다. 이 용어는 프란체스코 플로라 Francesco Flora(1881~1962)라는 비평가가 처음으로 순수시에 붙인 말이다. '에르메티즈모'란 말은 시 내용이 불명료하고 난해함을 가리킨다. 에르메티즈모 시인들의 순수시는 긴장감과 내적인 생명력으로 가득 차 있으며, 동시에 애매모호한 경향을 띠고 있다. 주셉페 웅가렛티Giuseppe Ungaretti(1888~1970), 1975년 노벨문학상을 수상한 에우제니오 몬탈레Eugenio Montale(1896~1981), 1959년 노벨문학상을 수상한 살바토레 콰시모도Salvatore Quasimodo(1901~1968) 등이 대표 시인들이다. 특히, 에르메티즈모의 전형적인 선구자였던 웅가렛티의 대표적인 시들로는 「영원Eterno」, 「권태Noia」, 「아프리카의 추억Ricordo d'Affrica」, 「난파의 즐거움Allegria di naufragi」, 「아침Mattina」, 「방랑자Girovago」, 「병사Soldati」 등이 있고 이러한 경향에서 점차 벗어나 창작한 「어머니La madre」, 「자비La pietà」, 「기도La preghiera」 등도 아름다운 시들이다. 경향을 달리한 두 시 작품, 「방랑자」와 「어머니」 전문을 감상해보자.

---

12) 김효신, 「황혼주의 시인 Guido Gozzano 시집 I Colloqui, 대화 연구」, 『효성여자대학교 연구논문집』 제47집, 효성여자대학교, 1993, 37~38쪽.

방랑자 (주셉페 웅가렛티)

이 세상
어느
곳에서도
난 편히
쉴 수 없네

새로운
환경에
접할 때마다
끊임없이
불편해하는
나
마치
언젠가
그것에 이미
익숙해져 버렸다는 듯

그리고 난 언제나
떨어져 나와 이방인이 되네

거듭 새로 태어나면서

너무 오래 살아왔던

시절로부터 돌아오는 나

시작하는 인생의 단 한 순간만을

즐긴다는 것

난 순수한

고향을 찾고 있네13)

어머니 (주셉페 웅가렛티)

마지막 고동에 심장은

암영의 벽을 사그라트리고,

어머닌, 주님께 절 이끄시고자,

여느 때처럼 당신의 손을 내미시는데.

단호한 결심에 무릎 꿇어,

이미 살아생전의

---

13) 김효신, 「웅가렛티(Ungaretti) 시의 종교적 모티프 연구」, 『가톨릭교육연구』 제4집, 효성여
자대학교, 1989, 88~89쪽.

익숙한 모습 그대로
하나의 조각되어 영원 앞에 선 어머니.

"내 주여, 제가 여기 왔나이다."
마지막 숨에 하시던 그 말씀대로
주름진 팔 떨며 주님께 바치네.

절 용서하시게 될 때 비로소,
절 바라볼 열망이 어머니께 생겨나시리다.

절 너무나 기다려 왔었음을 기억하며,
어머니 눈에 재빨리 흘러가는 탄식이야.[14]

시 「방랑자」와 「어머니」에서는 웅가렛티의 종교적 모티브를 읽
을 수 있다. 「방랑자」에서는 잃어버린 에덴에 대한 향수와 본능적
으로 다다를 수 있는 순수 세계 탐구를 읽을 수 있으며, 「어머니」에
서는 어머니가 돌아가신 후에야 비로소 시를 쓰는 비탄에 찬 "어느
성녀의 초상화"를 읽을 수 있다. 어머니는 사랑으로 자신의 의무에
충실했던 어느 성녀인 것이다. 어머니는 하느님으로부터 용서를
받은 연후에야 비로소 아들에게로 얼굴을 돌리게 된다. 그 이전에

---

14) 같은 책, 69쪽.

는 단테의 전통이 그러하듯이 그녀에게는 그러한 욕망마저도 생겨나지 않는다. 아마도 이러한 욕망이 일어날 때까지의 저 피안의 세계에서의 기다림은, 오랫동안 무신론에 빠져 있다가 비로소 신앙을 회복하여 개종하게 된 아들에 대한 지상적 기다림을 말한다.15)

에르메티즘모의 애매한 시들에서 종교적 경향의 시들을 썼던 웅가렛티와는 달리 콰시모도의 시 세계는 제2차 세계대전을 체험하면서 초기의 추억과 고향이라는 시적 모티브에 눈에 띄는 변화가 보인다. 현실을 인식하고 현실 속의 문제를 제기하는 현실 참여주의 색채를 드러내기 시작한 것이다. 단테가 절대적인 서사시를 노래했다고 본다면, 페트라르카는 절대적인 비가를 노래했다고 볼 수 있다. 콰시모도도 페트라르카처럼 「비가Elegia」를 노래하였다.

비가 (살바토레 콰시모도)

얼음과 같이 차가운 밤의 전령이여,
파괴된 집들의 발코니에
투명하게 되돌아왔다. 무명의 무덤들을
비추고, 연기 피어오르는 대지에
남아 있는 고아들을 비추고자. 여기에
우리들의 꿈이 쉬고 있다. 그리고 그대는

---

15) 같은 책, 70쪽.

북쪽을 향해 외롭게 돌아간다. 그곳은 모든 것이

빛도 없이 죽음을 향해 달려가는 곳, 그리고 그댄 저항한다.[16]

이 서정시는 정확하게 해결할 수 없는 고통의 심리적 상태를 의미하고 있다. 사포와 페트라르카 등의 옛 작가들로부터 레오파르디에 이르기까지 비가 조 전통의 아름다움을 재생시키고 있다. 콰시모도의 현실 인식의 변화에서 느껴지는 시적 정서는 동시대인이면서 에르메티즈모와 동떨어져 있던 시 세계의 소유자 움베르토 사바Umberto Saba(1883~1957)를 생각나게 한다. 사바가 당대의 시대적 흐름의 시론 에르메티즈모에 역행하여, 전통적으로 역류한 것은 나름대로 새로우면서 독창적인 고상한 서정시를 목표로 하고 있음을 의미하며, "투명하고 순수한 시" 다시 말해서 19세기 레오파르디와 연결되며 더 거슬러 올라가다 보면 로마의 시인 베르길리우스에게까지 연결되는 시를 쓰고자 했음을 의미하는 것이다. 여기서 전통에 접목되었지만 새로운 모습으로 다가오는 사바의 시 한 편 「눈Neve」을 음미해보자.

눈 (움베르토 사바)

저 높이 빙글빙글 눈송이들 돌고

---

16) 김효신, 「살바토레 콰시모도의 시집 Giorno dopo Giorno 연구」, 『어문학연구』 제8집, 대구 효성가톨릭대학교 외국어 문학연구소, 1995, 333쪽.

말 없는 대지의 사물들을 감싼다.

눈물의 창조물이여

그대 위해 미소 짓는 모습 본다. 기쁨의

섬광이 슬픈 얼굴을 비추는데,

내 눈엔 마치 보물을 발견한 듯하다.

저 높이서 떨어지는 눈이 우리를 덮고,

또 덮는다, 끝없이. 집들과 교회들이

있는 도시를 그리고 배들이 있는 항구를

하얗게 수놓는다. 드넓게 펼쳐진

바다와 초원들마저 냉각시킨다. 지상 세계에

그대 고귀하고 정결한 자여, 불 꺼진 별과

죽음의 커다란 평화를 만든다. 그리고

눈은 무한한 시간 머물러,

숱한 기나긴 시간이 흐르게 한다.

자각,

자각을 생각한다, 우리 단 둘이서만, 너무도

황량하게.

하늘에는

나팔을 부는 천사들이, 가슴 아프게

괴로운 향수에 젖어, 희미한 기억들을

불러일으키며, 사랑에 목 놓아 운다.[17]

사바의 시 세계의 키워드는 "삶의 고통스러운 사랑"이다. 실존 추구라는 리얼리즘의 세계를 자신의 시 화폭에 담아 매일 매일의 삶을 노래하였다. 사바의 작품 안에는 자연스러운 명상과 내면적인 자기 응시가 조화롭게 어우러져 있어서, 그의 작품을 대하는 독자들은 그가 제시해놓은 시적 화폭에 사로잡힐 수밖에 없다. 이탈리아반도의 옛 시인들, 베르길리우스, 페트라르카, 레오파르디로부터 물려받은 리듬에 덜 구속받는 시 형식을 선호하는 현대적 취향에 가까우면서도, 전통적 시 형식의 음악적 되울림이 분명하게 살아있다. 사바는 전통적 모티브를 취하면서도 이탈리아적인 영혼에 확고하게 밀착되어있는 시인이다.[18]

20세기 시인 중에서 특히 후반부에 전통에 대항한 실험 시 하면 빼놓을 수 없는 시인 둘이 있다. 그중 한 사람은 피에르 파올로 파솔리니Pier Paolo Pasolini(1922~1975)이고, 또 다른 한 사람은 에도아르도 상귀네티Edoardo Sanguineti(1930~2010)이다. 그러나 두 사람의 실험적 방향은 정반대라고 해도 지나치지 않을 것이다. 파솔리니는 전통에 대항하는 실험 시를 내용적으로 선언한다. 이념의 투쟁과 그 열정을 종교로 받아들이려고 애쓰면서, 노동자 계층, 하층민들의 비참한 삶의 현실을 작품 속에 담아내며 그들이 이 사회 안에서 격렬한 삶의 현장을 어떻게 꾸려 가는가를 대비시킨다. 그

---

17) 김효신, 「움베르토 사바의 시집 II Canzoniere 연구」, 『이어이문학』 제2집, 한국이어이문학회, 1995, 127쪽.
18) 같은 책, 168쪽 참고.

는 우리에게 감정이 배제된 주지적 정서를 심어준다. 그런데 모순 되게도 그 정서 속에는 이념적 투쟁이 아니라 직시해야 할 현실을 자신의 자전적 독백체를 통해서 일깨워준다.

그람쉬의 유해 Ⅳ (피에르 파올로 파솔리니)

나를 모순에 빠지게 하는 物議, 그대와 함께
하고 또 그대에 등을 돌리는 物議; 그대와 함께 진심으로,
밝은 곳에 있고, 그대를 거슬러 어두운 내장 안에 있다;

내 조국의 혈통을 배반한 자
— 생각 속에서, 행동의 그림자 속에서 —
본능과 미학적 열정의 열기에 끌려

그 조국의 혈통에 사로잡혀 있었음을 나는 안다;
당신에 앞서 프롤레타리아의
삶에 이끌려 온 내게, 그 기쁨은

천년에 걸친 투쟁이 아니라,
종교이다: 의식이 아니라,
천성이다; 인간이 되어 가는

중에 상실했던, 인간 고유의 힘은,

그 천성이 향수에 취하게 하며 그 천성에 시적

빛을 주려 한다: 그리고 내가 또 무슨 말을

할 수 있는가, 단지 관념적

사랑, 슬픔의 나락에 빠지지 않게 하는 연민은,

진실한가의 문제가 아닌 정당하다는 사실일 뿐...

가난한 사람들로서 가난한, 나는

그들처럼 굴욕적인 희망에 집착하고,

그들처럼 생존을 위해 매일 매일

뼈를 깎는 아픔을 겪는다. 비록 상속권 박탈이라는

비참한 상황 속에서도,

나는 소유하고 있다: 부르주아적인 소유물 중

가장 칭송되는 것, 가장 절대적인

상황을. 그러나 내가 역사를 소유하고 있듯이,

그 상황은 나를 소유하고 있다; 그 상황으로 내가 지혜의 빛을 얻

었으나:

그 빛이 무엇에 쓰이겠는가?[19]

역사는 민중을 향한 시인 자신의 꾸밈없는 그대로의 관념적 사랑을 시인에게 강요하기 때문에 시인 자신은 이로 인해 부담을 느끼고 괴로워한다.[20] "바로 여기 내 자신도... 불쌍하다, 가난한/ 이들이 진열장에서 소박한 화려함으로// 찬탄하는 내 의복도, 가장 소외된/ 거리의 더러움, 그곳을 다니는 전차들의/ 의자들의 더러움에 색이 바랬다, 갈팡질팡 // 나의 하루가 있다: [⋯] 내 삶을/ 지탱해야 할 고통"이 파솔리니의 위치, 즉 프롤레타리아 작가이기를 원하지만 실상 부르주아적인 작가일 수밖에 없음을 고백하고 있다. 고뇌하는 지성에 바탕을 둔 시인 파솔리니는 마음은 프롤레타리아 투쟁에 앞장서는 투사이며, 뿌리는 부르주아 지식인이었음을 부인할 수 없다. 그런데, 부르주아 작가가 프롤레타리아의 고통을 노래한다는 "모순"은 파솔리니 자신이 그람쉬에 대해서 갖는 이념적 모순인 것이다. 이미 시인 자신이 시 「그람쉬의 遺骸」에서 그람쉬와 함께 하기도 하고 반대편에 있기도 하다는 분열 상태를 고백한 바 있다. 파솔리니는 또한 아방가르드를 경멸하며 전통에 뿌리를 둔 혁신을 주장한다. 파솔리니에 의하면, 모더니즘 시대에 혁신적이 되려는 최상의 방법은 전통적이 되는 것이라고 한다. 이러한 전통에 뿌리를 둔 혁신 역시도 그의 모순이 갖는 미학으로 설명될 수 있다. 그의 시 창작 기법 중에서 '얼룩기법'도 그러하고, 시인

19) 김효신, 「파솔리니의 시 그람쉬의 유해 소고」, 『이어이문학』 제8집, 한국이어이문학회, 2001, 315쪽.
20) 같은 책, 316쪽.

자신이 말한 "끊임없이 반대하는 시"로서의 문제 제기 또한 그러하다. 그의 시적 특성을 한마디로 표현한다면 '모순의 미학'이라고 정리할 수 있을 것이다.[21)]

전통에 대항하고 전통을 무시하는 것조차도 실상 전통이 있어야 성립되는 이야기이다. 1956년경 우아한 형식의 전통 문학으로 복귀하자는 문화적 흐름에 대한 반발이자 반작용으로 네오아방가르드 운동이 생겨났다. 네오아방가르드 운동은 언어와 현실과의 새로운 관계를 모색하고, 긴장감이 감도는 삭막한 산업 사회가 안겨주는 부재와 단절이라는 현실에 대한 문화적인 새로운 돌파구를 찾으려는 시도였다.[22)] 상귀네티는 이데올로기를 끌어들여 그 이데올로기와 언어 사이에 내재된 긴밀한 상호 의존관계를 복구시키면서 철저히 산업 문명을 반박하고자 하였다. 전통적인 시적 논의를 부정하면서, 시어를 혼란시키고 왜곡시키는 '시어 왜곡 행위'는 시인의 선언적인 시도이다. 선언적인 시도에 해당하는 시 한 편 「라보린투스 1」(1951) 일부와 1978년에 발표된 「우편엽서 62」의 일부를 옮겨본다.

---

21) 같은 책, 331~332쪽.
22) 김효신, 「에도아르도 상귀네티의 네오아방가르드 시 연구 – 라보린투스Laborintus를 중심으로 –」, 『이어이문학』 제4집, 한국이어이문학회, 1998, 72쪽.

라보린투스 1 (에도아르도 상귀네티)

구조물의 겉모양새 이룬 땅이라 부패의 늪지

연약한 엘리에 숨 돌리고 그대 나의 몸뚱이 그대 정말 연약한 엘리
에 내 몸뚱아리였네

상상력으로 가득찬 몸뚱이 거의 무아의 경지에 빠진 영적 변증법
의 결론들

시대의 특성을 수용하는 우리들

                    그대 그리고 그대 나의 여유로운 몸뚱이

연소된 채 몸을 일으키는 그대 그리고 허우적거릴 생각에 물질화
되고

체계 잡힌 섬유질의 슬픈 철로 된 건조물도

끈질긴 주제를 담은 모티브와 더불어 발효된 결함도

대화의 긴장 완화도 이루어진 대지라 참을 수 없는 주장들

명백한 외부 조건들 정말로 존재하지 이러한 조건들

우리 이전에 존재했었고 우리 이후에 존재할 것이라네 여기 있다
논쟁이

해방이 빈발하고 힘 그리고 강력해진 동요 그리고 다른 것

[…]

          그곳 그대 잠들어 심장은 절단되고

또 접착되어 빛을 받는다 그 옆엔 내장들이 늘어서 있고 […]

[…]

분석남들과 분석녀들 그리워진다 […]

우편엽서 62 (에도아르도 상귀네티)

시는 아직도 쓸 수 있는거야, […]
아주 일상적인 이 시[…]
매일매일의 시[…]
[…]
오늘 나의 문체는 문체를 가지지 않는 것이란다.

상귀네티는 시를 일상적인 글쓰기, 신화적인 차원에서 현실적인
차원으로 끌어 내려진 글쓰기로 간주하고 있다. 일상적인 언어의
신비화에 대항하는 글쓰기를 늘 염두에 두고 있음을 알 수 있고,
고상하고 귀족적인 이탈리아의 시적 전통을 거부하고 일상적인
언어의 시적 승화를 추구하고자 애썼던 시인의 시론을 읽을 수
있다. 가장 평범한 진리인 것으로 이해할 수도 있는 시인의 시론은
실상 이탈리아 시단에서는 전통의 명맥이라는 이름하에 아주 오랫
동안 터부시되던 것으로 평범하고 소박한 시를 사랑하고자 했던
20세기 초 파스콜리의 시론과 그 표현 방법이 다를 뿐, 실제로 그
저변에 깔린 시적 정서는 통한다고 볼 수 있다. 거창하고 귀족적인
정서와 달리 민중적, 아니 대중적이고 서민적인 정서로 말이다.

그런데 또 다른 한편으로는 파솔리니가 프롤레타리아적인 시인이 될 수 없었듯이, 사실 서민적인 정서로만 치부하기엔 상귀네티의 시들 역시 너무 고차원적이 아닐까 생각이 되는 것도 부인할 수 없다. 이처럼 시인들이 자신들의 언어의 유희로써 자신들의 생각이나 가치관을 표현하고자 하는 것 자체가 이미 서민적이라는 표현을 넘어선 것이 아닐까 생각된다. 이렇게 본다면 이탈리아 시적 전통에서 보는 시인의 위치를 전적으로 부인할 수도 없는 것이다. 그럼에도 파솔리니나 상귀네티는 그러한 예언자적 선각자적인 시인의 전통적 틀을 깨뜨리고 일상생활 속의 한 사람으로 인식되도록 부단히 애썼던 현대적 대표 시인들인 것이다.

7. 나오는 말

지정학적인 이탈리아반도를 주 무대로 활동했던 시인들은 크게 두 부류로 나뉜다. 실제 구어체와 다른 라틴어를 자유자재로 구사하면서 라틴어로 창작활동을 했던 라틴어 시인들과 라틴어가 공적인 언어였건 그렇지 않았건 상관없이 라틴어에 대한 지역 방언이었던 이탈리아어로 창작을 하였던 시인들이 그들이다.

본 소고는 이 두 부류의 시인들의 대표적인 시 노래들을 통해서 이탈리아의 문학적 전통, 특히 시적 전통에 대한 연대기적 개괄을 간략하게나마 할 수 있었다. 멀리 고대 로마제국이 건설되기 전,

이탈리아반도에 미리 들어와 정착하고 살았던 에트루리아인들의 시로부터 고대 로마의 시, 중세의 시, 르네상스 시대의 시, 근대의 시, 그리고 20세기의 시에 이르기까지 이탈리아반도에서 활동하던 대표적인 시인들의 작품들을 중심으로 이탈리아반도에서 애송되던 시 노래의 큰 궤적을 정리해보았다.

비록 부족한 추적 작업이었지만 이 소박한 작업을 통해서 이탈리아 문학사 속에 강하게 접목된 문학적 전통, 시적 전통의 흐름을 살펴보면서 이탈리아 문학사, 시사에서 흔히 언급되는 시적 전통적 흐름이 무엇이며, 작품 안에서 구체적으로 어떻게 드러나고 있는지를 대략적으로나마 살펴볼 수 있었다.

참고문헌

가야르 자크Gaillard, Jacques, 김교신 옮김, 『라틴 문학의 이해』, 서울, 동문선, 2000.

김효신, 「Giovanni Pascoli 시 소고 – 시집 Myricae를 중심으로 –」, 『어문학연구』 제3집, 효성여자대학교 어문학연구소, 1990.

_____, 「단눈치오 시집 Alcyone 연구」, 『어문학연구』 제4집, 효성여자대학교 어문학연구소, 1991.

_____, 「레오파르디 초기시에 나타난 애국계몽성 연구」, 『이어이문학』 제5집, 한국이어이문학회, 1999.

_____, 「살바토레 콰시모도의 시집 Giorno dopo Giorno 연구」, 『어문학 연구』 제8집, 대구효성가톨릭대학교 외국어 문학연구소, 1995.

_____, 「에도아르도 상귀네티의 네오아방가르드 시 연구」, 『이어이문학』 제4집, 한국이어어문학회, 1998.

_____, 「움베르토 사바의 시집 Il Canzoniere 연구」, 『이어이문학』 제2집, 한국이어어문학회, 1995.

_____, 「웅가렛티 시의 종교적 모티프 연구」, 『가톨릭교육연구』 제4집, 가톨릭교육연구소, 1989.

_____, 「이탈리아 시에 나타난 조국과 민족 담론 소고」, 『이탈리아어문학』 제25집, 한국이탈리아어문학회, 2008.

_____, 「파솔리니의 시 그람쉬의 유해 소고」, 『이어이문학』 제8집, 한국이어이문학회, 2001.

_____, 「황혼주의 시인 Guido Gozzano시집 I Colloqui,대화 연구」, 『효성여자대학교 연구논문집』 제47집, 효성여자대학교, 1993.

_____, 『이탈리아 문학사』, 대구, 학사원, 1994/1997.

_____, 『카르둣치 시세계의 고전주의적 낭만주의』, 한국외국어대학교 석사논문, 1987.

박상진, 『이탈리아 문학사』, 부산, 부산외대출판부, 1997.

베르길리우스, 천병희 옮김, 『아이네이스』, 서울, 숲, 2004.

오비디우스, 천병희 옮김, 『변신이야기』, 서울, 숲, 2005.

이승수, 「Le ceneri di Gramsci를 통해서 본 50년대 파솔리니의 시」, 『이어이문학』 제5집, 한국이어이문학회, 1999.

페트라르카 프란체스코, 김효신 외역, 『칸초니에레』, 서울, 민음사, 2004.

한형곤, 『이탈리아 문학의 연구』, 서울, 한국외국어대학교 출판부, 2009.

Cudini, Conrieri, *Manuale Non Scolastico di Letteratura Italiana*, Milano, Rizzoli, 1992.

Fasca, Lorenzo, *Le Bucoliche, Milano*, Bignami, 1963.

Pazzaglia, Mario, *Letteratura Italiana, 1 Dal Medioevo all'Umanesimo*, Zanichelli, Bologna, 1996.

_____, *Letteratura Italiana, 2 Dal Rinascimento all'Illuminismo*, Zanichelli, Bologna, 1996.

_____, *Letteratura Italiana, 3 L'ottocento*, Zanichelli, Bologna, 1996.

_____, *Letteratura Italiana, 4 Il Novecento*, Zanichelli, Bologna, 1996.

Salinari, Ricci, *Storia della letteratura italiana, Vol. I, II, III*, Laterza, Bari, 1984.

Spagnoletti, Giacinto, *Otto Secoli di Poesia Italiana da S.Francesco d'Assisi a Pasolini*, Milano, I Mammut Newton, 1993.